The Snow Angel

雪山のエンジェル

ローレン・セントジョン［作］
さくまゆみこ［訳］

評論社

THE SNOW ANGEL

by Lauren ST John

装丁／内海 由

雪山のエンジェル

もくじ

「人生は登山のようなものだ。下を向いてはいけない」

エドマンド・ヒラリー

――登山家、探検家、慈善家――

1

美容室《びようしつ》でも山登り

マケナは大きく息を吸《す》って、クレバスの縁《ふち》から一歩ふみだした。

ヘッドランプの明かりで見る氷の滝《たき》は、まるで美しい悪夢《あくむ》のようだ。ここは、エベレスト山のクンブ氷河《ひょうが》。凍《こお》った峡谷《きょうこく》と氷の塔《とう》が複雑《ふくざつ》に入り組んでいる。太陽がのぼると、この滝も溶《と》けて姿《すがた》を変え、さらに危険《きけん》なものになるだろう。マケナと奈落《ならく》の底の間には、はしごが一つあるだけだ。一段《だん》目《め》と二段目はしっかりしていた。でも三段目をふむと、ぐらっとゆれた。恐《きょう》怖《ふ》に襲《おそ》われるが、なんとか落ち着こうとする。エドマンド・ヒラリーとテンジン・ノルゲイ（初めてエベレスト山頂に到達した二人）にできたことなら、マケナにもできるはずだ。

「タファダリ（スワヒリ語で「お願い」の意味）！　マケナ！」

マケナは答えない。まもなく安全な場所にたどりつく。あと一歩で……。

「どうしたのよ、マケナ。じっとしてて。椅子《いす》の上でそんなにもぞもぞ動いたら、グロリアがちゃんと髪《かみ》を編《あ》めないでしょ」

マケナは、本から顔を上げた。目はうつろで、心臓《しんぞう》はドキドキしたままだ。

現代《げんだい》のナイロビがようやく焦点《しょうてん》を結び、現実がどっと迫《せま》ってきた。想像《そうぞう》の世界の雪原が消え去り、ケニアの乾季《かんき》特有の熱気と、ドライヤーの熱風と、ビヨンセ（アメリカの歌手、ダンサー）の歌におきかわった。ママが、〈ブレッシング美容室《びようしつ》〉のドアによりかかり、いらだちながらも気づかうような表情《ひょうじょう》でこっちを見ている。

　マケナは、にこっとしながら言った。

「ごめん。ちょうどいいところだったの」

美容師《びようし》のグロリアが三《み》つ編《あ》みをぐいっと引《ひ》っ張《ぱ》って、マケナの注意をひく。

「いたたっ！」

「お行儀《ぎょうぎ》よくしてないと、バリカンで丸刈《まるが》りにしちゃうわよ」グロリアがおどした。

「それでもいいけど。ババだって丸刈りにしてるけど、かっこいいもん。さわるとコケみたいだし。山登りには、そのほうが便利なんだって」マケナは陽気な声で言い返した。

　スワヒリ語でババは「お父さん」、ママは「お母さん」という意味だ。ママが笑いながら言った。

「そうね。でも、幸いなことに、あんたはまだ学校の行き帰りを考えるだけでいいのよ。お願いだから、あと何か月かは三つ編みにしといてよね。よく似合《にあ》ってるもの。それがいやなら、横をエベレストの形に剃《そ》ってもらってもいいけど」

　マケナは椅子《いす》の上ではねた。

「えっ、それもいいね！」

　グロリアが、バリカンをとりあげてスイッチを入れた。本気で丸刈《まるが》りにしてあげようか、というジェスチャーだ。マケナは椅子《いす》にしずみこんだ。

　ママはあきれたように、目をぐるっと回して言った。

「今のはじょうだんよ。おとなしくすわってて。もうすぐ終わるからね」

「だけど、もう三時間もここにいるんだよ」マケナは、すねた。

　美容室《びようしつ》の中は、ヘアスタイルとゴシップを目当てにやってくる大勢《おおぜい》の女たちで、サウナみたいにむんむんしている。マケナはつづけた。

「こんなに時間があれば、登山の練習をしたり、懸垂降下《けんすいこうか》についての本を読んだりできたのにな。登山家は、ヘアスタイルなんて気にしなくていいんだよ」

「そうね。ほら穴《あな》から出てきたばっかりみたいな登山家もいるものね」ママが言い返す。

「ケニア山のアイス・ウィンドウ・ルートを、雪崩《なだれ》に用心しながら登ってるときは、見た目なんかどうでもいいんだもん。お客さんをケニア山に連れて行くときに大事なことは、ほかの人があわてふためいていても、冷静でいることだって、ババが言ってたよ。もちろん、意志《いし》の力や、強い肺《はい》も必要なんだけどね。あさっては、それを忘《わす》れないようにしようっと」

　マケナは本をパタンと閉《と》じると、すわったままぴょんぴょんはねながら言った。

「うわあ、待ち遠しいな。あさってになる前に、ドキドキしすぎて死んじゃうかも」

「やれやれ、あきらめたよ！」グロリアが、マケナの肩《かた》からタオルをはずして言った。「料金の中には、あたしのがまん代まで入っちゃいないからね。あんたは、髪《かみ》の毛《け》がつっ立ったまんまでいればいいさ。どうしたのかってきかれたら、雪崩にやられたって言えばいい。まちがっても、〈ブレッシング美容室〉に行ったとは言わないでおくれ。悪い評判《ひょうばん》が立つからね」

ママが代金をはらい、グロリアの気持ちをなだめるためにチップをはずんでいる間、マケナは美容室の外階段《そとかいだん》で待っていた。一月の太陽が、ケニヤッタ通りの市場をじりじりと照らしている。汗《あせ》だくになった買い物客が、キャッサバ（イモの一種。タピオカの原料）や、トマトや、焼きトウモロコシを値切《ねぎ》っている。自転車の荷台にくくりつけたカゴの中から、ニワトリたちが不満の声をあげている。売り物のホウレンソウをかじろうとしたヤギを、商人が追いはらっている。

通りのもっと向こうでは、ぼろぼろの車や、かたむいたバスや、オートバイタクシーが、あぶなっかしいサーカスみたいに行き交っていた。警笛《けいてき》や喧噪《けんそう》が、マケナの耳にひびく。ナイロビの交通渋滞《じゅうたい》は有名で、十一時間つづいたこともある。

グロリアの十代の娘《むすめ》ナディラが、美容室の軒《のき》に張《は》った日よけの下にやってきた。ナディラがにこっとして何か言った。

「えっ？　何？」また頭の中が、ヒラリーやシェルパのテンジンといっしょに一九五三年のエベレストにもどっていたマケナはたずねた。しぶしぶながら現実《げんじつ》の世界にもどる。

「さっきの登山の話、おもしろかったよ。夢中《むちゅう》なんだね。山のこと、友だちみたいに話すんだね」

マケナのママが、バッグにおさいふをしまいながら美容室《びようしつ》から出てくると、言った。

「行きましょう。グロリアがバリカンを持って追いかけてこないうちにね」

混雑《こんざつ》した通りを、通行人や自転車をよけて歩きながら、マケナはナディラが言ったことを思い返していた。生まれてからずっと感じていたのに、言葉ではうまく言いあらわせなかったことを、ナディラは言ってくれたのだ。

山が友だちだって。

2　悪い精《せい》と苦いコーヒー

マケナは都会で生まれ育ったのに、ナイロビを離《はな》れてナニュキ（ケニア山に近い町）に行くたび、それまで胸《むね》の上にどかっといすわっていたゾウがいなくなるような気がするのだった。

もちろん本物のゾウではない。ゾウの爪《つめ》くらいのささやかなものだ。でも、ナイロビにいるときは、いつもそいつがいる。交通が渋滞《じゅうたい》し、だれもがおしあいへしあいしている都会では、見えない力がマケナの分子を一つずつおしつぶしていくような気がしょっちゅうする。ママが理科の教師《きょうし》をしているので、マケナは分子についても知っていた。原子が結びついて分子ができていることも、世の中にある科学的な要素《ようそ》の最小の単位が原子だということもわかっていた。

チベロさんが運転するランドクルーザーに乗っているうちに、ナイロビのすきっ歯みたいな街《まち》並《な》みはどんどん小さくなり、マケナは楽に息ができるようになった。前方の道路は定規《じょうぎ》で線を引いたようにまっすぐだ。やがてコンクリートや雑踏《ざっとう》は遠ざかり、コーヒーや紅茶《こうちゃ》やバナナの農園があらわれてきた。まっ青な空の下の道路わきには、笑顔の物売りたちがいて、パイナップルや、ミカンや、アボカドをピラミッドみたいに積み上げて売っている。

マケナは、シートベルトを最大にゆるめて、地平線をじっと見つめた。やがて遠くに薄紫《うすむらさき》色に見えてくるはずのケニア山を、だれよりも先に見つけたい。

運転席のチベロさんは、プラスチックカップの中身をズズッとすすると、満足のためいきをもらした。

「コンデンスミルクを入れたケニアのAA《エーエー》コーヒー（豆粒の大きいコーヒー）！ 運転手には、これがなきゃな。これを二はいも飲めば、バッテリーの切れた車だって走らせることができるんだ」

「サムソンおじさん、ちょっと味見させて」マケナが、どろっとした飲み物を見ながら、たのんだ。

サムソン・チベロはジンバブエ人だが、マケナの父親のカゲンド・ワンボラの同僚《どうりょう》で、いっしょに〈新赤道ツアー〉で働いている。親戚《しんせき》ではないけど、このあたりでは両親の友だちには名前に「おじさん」や「おばさん」をつけて呼《よ》ぶことになっている。

「させてください、でしょ」母親のベティが、マケナをたしなめた。

「味見させてください」

「ママがいいって言ったらね」チベロさんが答えた。

ベティは、魔法《まほう》ビンのふたに少しだけコーヒーを注ぐと、フーフーふいてさましてから娘《むすめ》にわたした。その苦くてあまい飲み物をひと口すすったマケナは、目玉が飛び出そうになった。

チベロさんが、ゲラゲラ笑った。

「ほらほら！　言わんこっちゃない。キリンのキックみたいにガツンとくるだろう。子どもには強すぎるけど、おれにはちょうどいい。これさえ飲めば、運転中に居眠《いねむ》りしなくてすむのさ。あの溝《みぞ》にはまってる車の、気の毒なドライバーみたいにな」

チベロさんが、車の横の窓《まど》をコンコンたたいた。道路わきには、マタトゥと呼ばれる小型乗りあいバスのさびた残骸《ざんがい》が転がっていた。マタトゥのドライバーのなかには、スピード狂《きょう》の移《い》民《みん》も多い。丈《たけ》の高い草むらからミニバンの枠材《わくざい》がつきだしているのを見ると、マケナはいつか博物館《はくぶつかん》で見た恐竜《きょうりゅう》を思い出して、ぞっとした。このマタトゥに乗っていたお客たちも、アロサウルスみたいに絶滅《ぜつめつ》してしまったのだろうか？

「ミスター・チベロ、カフェインは、とりすぎないほうがいいわよ。健康《けんこう》にはよくないんだから」ベティが、娘の手からカップをとりあげて、言った。

チベロさんは、鼻を鳴らすと言い返した。

「トコロッシュにたよるくらいなら、百リットルでもコーヒーを飲んだほうがいいと思いますよ。ジンバブエには、あやしげな運転手もいるからね」

マケナは、身を乗り出してきいた。

「サムソンおじさん、トコロッシュって何？」

「最初は、子どもも好きで親切な妖精《ようせい》だったらしい。でも、長年のうちに、意地悪でいたずらな水の精《せい》になりさがったんだ」

「妖精《ようせい》だったら翼《つばさ》があるの？」

「翼はないよ。でも、たしかなのはそこだけだ。家をこわされたある人は、トコロッシュは、ヤマアラシみたいな毛を生やした、しわしわの小人だったと言ってる。ジンバブエでは、夜のとばりがおりると、トコロッシュが炎《ほのお》のように燃《も》える目をしたヒヒになると言う者もいる。長距離《ちょうきょり》トラックのドライバーに人気があるのは、そっちのほうだよ。眠《ねむ》たくなると自分は横になって、かわりにトコロッシュに運転してもらうんだ」

マケナはクスッと笑いながら言った。

「うっそー」

チベロさんは、笑わなかった。

「ジンバブエには、レンガを重ねて高くしたところにベッドをおく村もあるんだよ。トコロッシュは高いところがきらいなんだ。おれも、ジンバブエにいたときは、高いベッドでしか眠らなかった。でも、やつらと取り引きしちまったトラック運転手は、そうかんたんには逃《に》げられなくなる。ビールかお菓子《かし》でやつらを丸めこもうと思っても、そうはいかない。いったんトコロッシュとつながりを持ったら、おしまいだ。やつらは貪欲《どんよく》だからな」

「貪欲って、どういう意味？」

「マケナみたいってことだよ。きみも、チョコレートの箱をあけたら、一つじゃなくてもっともっとほしくなるだろう」

「伝統《でんとう》は大事だけど、子どもに迷信《めいしん》をふきこまないでね、サムソン・チベロ。トコロッシュなんていないことは、自分でもわかってるんでしょう。おとぎ話ですもの。そんなのは、のらくらしたドライバーや、無精《ぶしょう》なティーンエイジャーや、大酒飲みや、ギャンブル好きの言いわけに使われているだけよね」ベティが言った。

チベロさんは、ロバが引く荷車を追《お》い越《こ》した。マケナはふり返って、がまん強い、褐色《かっしょく》のロバの目をのぞきこんだ。耳が、嵐《あらし》のあとのサバンナアカシアの木の葉っぱみたいにパタパタ動いている。

「シャムワリ（友だちという意味）」チベロさんは、ショナ語（ジンバブエ、ザンビア南部の言葉）で声をかけた。「たしかにそういうこともあるよ。のらくら者や悪い夫のなかには、ひどいことが起こるとトコロッシュのせいにする人もいるからね。でも、現代《げんだい》の科学的な女性《じょせい》のベティさんだって、世の中には説明できないことがあると思ってるんじゃないですか」

「そんなことはないわ。わたしは科学的な方法を信じてるの。最終的にはなんでも物理学で説明できるはずよ。今はまだ説明できないことがあるとしても、そのうち説明できるようになると思うの」

「だったら、ルーカスのことは？　幼《おさな》なじみだったんでしょう。魚と暮《く》らしてたって？　物理学でどうやってそれを説明するんですか？」

ベティは、ちょっと身がまえた。そして、しばらくの間、だれも何も言わず、沈黙《ちんもく》がつづいた。

マケナはがまんできなくなって、きいた。

「ルーカスってだれなの、ママ?」

「あんたが生まれる前に、ママが知ってた人よ。ずっと昔のことだから、もうはっきりとはおぼえてないの。ルーカスの話は、あとはババしか知らないはずだけど、ババがうっかりサムソンにも話したのね」

チベロさんが何か言い返した。マケナはもっとその話を聞きたくなったが、ベティは話すつもりはないらしく、前を指さして言った。

「マケナ、ほら見て!」

遠くに、水色の染《し》みのようなものが見えた。ふわっとしたマウィング(雲)をかぶったところは、山の形のケーキみたいだ。マケナは、世界各地の高山をしょっちゅう思《おも》い描《えが》いているけれど、ケニア山ほど魅力《みりょく》ある山はほかにない。そのケニア山が、今、自分に呼《よ》びかけているような気がした。

でも山はまだはるかかなただし、マケナは魚と暮《く》らしていたルーカスの話を聞きたくてたまらなかった。ママがかくしておこうとするので、なおさらだ。水の中で生きられる人間はいない。サムソンおじさんの言葉は、どういう意味なのだろう?

マケナが話をせがむ前に、思いがけないことが起こった。

「ミスター・チベロ、次の角《かど》を右に曲がって。マケナをびっくりさせようと思ってたの。タンブジ・バラ園に行ってみましょう」ベティが言った。

マケナはがっかりした。びっくりさせられるのはきらいじゃないし、バラ園も悪くないけど、今は一刻《いっこく》も早く山のほうに行きたいのに。ベティは娘《むすめ》の表情《ひょうじょう》を見てとると、笑顔で言った。

「あんたはいつも急いでるでしょ、マケナ。山はどこへも行かないわ。いつもそんなふうに急いでると、目の前のものを見逃《みのが》してしまうわよ」

3　バッファローから逃《に》げる方法

マケナはマンゴージュースをすすりながら、サイによりかかった。といっても、血の通った本物のサイだったら、木陰《こかげ》がわりになってくれるはずがない。でも、これは木の彫刻《ちょうこく》なので、文句《もんく》は言わずに、バーニーのレストランの芝生《しばふ》の上からナニュキ民間飛行場をおとなしくながめているだけだ。この小さな飛行場は、ケニア山に登る人たちの玄関口《げんかんぐち》になっている。

マケナの目は、父親のカゲンドにじっと注がれていた。カゲンドは滑走路《かっそうろ》にいて、ひげを生やしたカナダ人の大男たちの出発を手伝っている。遠くからだと、きゃしゃな姿《すがた》に見える。でも実際《じっさい》は、しなやかで引きしまった体は、彼《かれ》が愛している山の火山岩みたいに、がんじょうにできている。

旅行客たちが八席のセスナ機に乗りこむと、カゲンドは荷物を積みこんだ。その動きは、のんびりしているように見えるが、手際《てぎわ》がよくてむだがない。カゲンドをせかす人はめったにいないし、娘《むすめ》も旅行客も、万一のときは彼が素早《すばや》くてきぱきと対応《たいおう》してくれることを知っている。

カゲンドは、セスナ機がトラクターのようなけたたましい音を立てて空に飛びたつのを見送ると、マケナたちのほうへもどってきた。マケナがかけよると、カゲンドは娘をだき上げてぐるぐると回した。

「初登山の準備《じゅんび》はできてるかい？　マケナは、ライオンみたいにたくましくなったかな？」

マケナはクスクス笑った。

「ちがうわよ、ババ。テンジン・ノルゲイみたいにたくましくなったのよ」

「そんなにかい？　フーム、だとすると、わたしは、仕事をとられないように用心しないとな」

「どうしてこんなことになったのかしら？」夫をハグしながら、ベティが言った。「家族に二人も山ヤギさんがいるなんてね」

「運がよかったからよ、きっと」マケナが元気な声で言った。

「そうなの？　でも、幸運は自分のためにもとっておいてね。お二人さんには無事に帰ってきてもらいたいんだから」

「運なんて、信じてなかったんじゃないの？　科学的じゃないからって」

マケナが言うと、ベティは笑いながら答えた。

「そのとおりよ。信じてないわ。でも、奇跡《きせき》は信じてるのよ。どうよ、大したもんでしょ？」

♥♥♥

山は、もう地平線にぽつんと見える点ではなくなっていた。今は、ババと二人で乗っている車のフロントガラスいっぱいに広がっている。畏敬《いけい》の念とアドレナリンが入《い》り混《ま》じって、マケナの胸《むね》はうずいていた。四輪駆動《くどう》のこの車から早くとびおりて中古の山靴《やまぐつ》をはき、ケニア山の火山岩をふみしめてみたい。でも、夢《ゆめ》の中とちがって自分が勇敢《ゆうかん》でもないし、才能《さいのう》もなかったらと思うと、こわくて逃《に》げだしたいような気もする。

車は、一時間ほど前に舗装《ほそう》道路をはずれて土のでこぼこ道へと入りこみ、今は、熱帯雨林をくねくねと抜《ぬ》ける道を走っている。風が冷たくて、鳥肌《とりはだ》が立つ。

まだ午後の早い時間だが、すでに肌を刺《さ》すような冷たい風がふき始めているのだ。山では夜の間に気温がぐっと下がるから、びっくりする観光客もいる。低体温症《ていたいおんしょう》になって担架《たんか》で運ばれながら「ここはアフリカなのに。ケニア山は赤道真下にあるのに」ともらす人もいる。

そんなときババは、ケニア山の三つの峰《みね》のうち、いちばん高い頂《いただき》を指して言う。

「バティアン・ピークをごらんなさい。あの上に見えるのは何ですか？　あの白いところは？　ただのかざりじゃないんですよ。エベレストだろうと、ケニア山だろうと、雲の中で氷の結晶がくっつけば雪がふるし、気温は摂氏《せっし》二度以下になるんですよ。雪がふる気温は、ネパールでもケニアでも同じなんです」

ババは、最後に専門的《せんもんてき》な登山をしたとき、ルイス氷河《ひょうが》の雪をビンにつめてマケナにプレゼントしてくれた。専門的な登山というのは、ふつうの観光客ではなく、氷河登攀《とうはん》やロッククライミングの経験者を連れて、バティアン・ピークかネリオン・ピークまで登るということだ。マケナは、幼《おさな》いころから雪に魅《み》せられていたが、ビンをもらったときの中身はもう雪ではなかった。山をおりてくれば暑いから、古いジャムのビンの中身は水に変わっていた。でもマケナは、これが五千メートル以上の高い場所で雪として生まれたことを知っている。マケナにとっては、それが重要なのだった。

雪のビンは、マケナの大切な宝物《たからもの》の一つだ。おし花にした野の花と、火山灰《かざんばい》を入れたエッグカップと、飛びかかろうとするヒョウみたいな形の流木といっしょに、いつもベッドわきのテーブルにおいてある。

こうした宝物は、家のうしろにつくったクライミング用の壁《かべ》と同じで、ババが長いこと留守《るす》にするとき、マケナをなぐさめてくれた。でも、ババのほうでも留守のうめあわせをしようと思っていたらしい。だからマケナに、時間ができたら、最初の山の冒険《ぼうけん》に連れていってくれると約束していた。

「ババとあたしだけで？」

「二人だけでだよ」

そしてとうとう今、その冒険が始まろうとしている。マケナは妙《みょう》に無口になっていた。ババがおしゃべりでいてくれるので、少しは気が楽だ。ババは、車を運転しながら、ときどき指さしては言う。

「あそこは、わたしがハチミツを集めたり薪《まき》を割《わ》ったりしていた場所だよ」

ババには、シングルマザーの母親と、父親のちがう弟がいた。その二人を養《やしな》ったり、弟の小学校の費用をはらったりするために、ババは早くから働いていたのだ。

「ティーンエイジャーのころ、このあたりでボランティアをしていた。山火事を消そうとしてたとき、火のついた枝《えだ》が上から落ちてきたんだよ。山がわたしに感謝《かんしゃ》を示《しめ》してくれた最初だ」

「感謝って?」

「マケナ、それが自然のやり方なんだ。自然は、きみのママみたいな存在《そんざい》で、まちがったことをしたり、不注意だったりすると、しかったり罰《ばっ》したりする。でも、いろいろなものをよくするための道具もあたえてくれるんだ」

ババは、シャツのそでをまくりあげて、ひじの上にあるぎざぎざの傷《きず》あとを見せた。ココア色の肌《はだ》が、そこだけ少し色がうすくなっている。

「ほら、これだ。もう目立たなくなってるけどな。山のハチミツとアロエを使って自分で治したんだ。火傷《やけど》にはそれが世界一の特効薬《とっこうやく》なんだよ」

車は、少しずつ変化する山の植物の間を上へ上へと登っていく。最初はビャクシンや、クスノキや、野生のオリーブの木がうっそうと茂《しげ》っていて、その枝にはツル植物が巻《ま》きついていた。伐採《ばっさい》されて木がなくなっている場所を見ると、マケナは、自分の一部が失われたように胸《むね》が痛《いた》くなったが、そういう場所は、山に住む人たちが畑にしているのだ。畑は年月がたつにつれて、高いところにも広がっているという。

山に住む人たちにとっても、ケニア山は聖《せい》なるものだ。エンブ人たちは、この山をキレニアと呼《よ》んでいる。白い山という意味だが、神さまの住まいだと考えているという。エンブ人たちは、家を建てるとき、出入り口をケニア山のほうに向ける。

背《せ》が高く、マホガニーのような手足をして赤い布《ぬの》を身にまとったマサイの人たちは、ケニア山の北側の斜面《しゃめん》で家畜《かちく》に草を食べさせる。まわりの平原に落とす三角形の影《かげ》から見上げたマサイの人たちは、この山をオル・ドニョ・ケリ（縞になった山）と呼んでいる。

ケニア山との結びつきが最も強いのは、ババの種族エンブと、キクユの人たちだ。この二つの種族にとっては、ケニア山は心のふるさとだ。エンブ人やキクユ人の伝統《でんとう》では、生命を授《さず》けてくれる至高《しこう》の存在ンガイは、空からおりてきて以来、ケニア山に住んでいる。キクユの人たちは、ケニア山をキリニャガと呼ぶ。神さまのお休み所という意味で、雪をかぶった峰《みね》は、ンガイの冠《かんむり》だとされている。

そう考えると、マケナのベッドの横のテーブルにおいてあるビンに入っているのも、ただの溶《と》けた雪ではなく、神さまの冠のかけらだということになる。

車は、どんどん上へと登っていった。マケナは、この日が来るのを指折り数えて待っていたので、本当に実現《じつげん》したのが信じられないくらいだ。ひんやりした窓《まど》に顔をおしつけて、雲をかぶったような竹の林が通りすぎていくのを見ていた。場所によっては竹が十メートルもの高さに育ち、黄色い茎《くき》が密生《みっせい》して、光や音を遮断《しゃだん》している。もし、鳥か不吉《ふきつ》な風が竹林に声をあたえたら、おとなの男の血だって凍《こお》るような不気味なことを言うかもしれない、とババは言う。

道路の行き止まりで車は停まり、マケナはこわばった体で車をおりた。ナイロビを出てから初めて深く呼吸《こきゅう》してみる。ひんやりとした清らかな空気を吸《す》うと、アドレナリンが体内をめぐり、元気がわいてくる。想像《そうぞう》をさんざんにたくましくしていたので、現実《げんじつ》の山がその想像とはちがっても、昔からの山のエネルギーが靴《くつ》の下から伝わってくるような気がする。

ナニュキのスーパーで必要なものを買ったので、二人のリュックは岩でもつめたみたいに重いが、マケナはそれもうれしかった。この重さが自分を地面につなぎとめてくれると思ったからだ。そうでないと、幸せのあまり体が浮《う》き上《あ》がって、ルイス氷河までただよっていってしまうかもしれない。

ババが、マケナの肩《かた》にしっかりと手をおいて言った。

「マケナ、森を歩いていると、ゾウやバッファローに出くわすかもしれないぞ。わたしが教えたことをおぼえてるかな？　野生のゾウに出くわしたら、まずどうするんだった？」

「じゃまをしないで、ゾウに先に行かせるんでしょ」

「そのとおり。同じことが、バッファローにも、シマウマにも、ヘビにも、ヒョウにも言える。ただしバッファローは、ひどいかんしゃく持ちだ。じゃましないで先に行かせたとしても、カッとなって襲《おそ》ってくるかもしれない。その場合は、どうすればいい？」

「リュックをおろして、地面に伏《ふ》せる」

そうは言ったものの、二トンもある気がふれたバッファローが突進《とっしん》してきたら、そこに伏せることができるかどうか、マケナは自信がなかった。

「それは、どうして？」ババがきく。

「マサイの人たちが言うには、もし薄焼《うすや》きパンみたいに平たくなってると、バッファローは角《つの》の形がそうなってないから、ついたり、持ちあげたりすることができないんだって……だけどババ、ほんとなの？　この方法で生きのびた人なんて、いるの？　かたい頭でおしつぶされたりしないの？　もしかしたら、木に登ったほうがいいんじゃないかな。あたし、木登りは得意だけど」

「マケナがケニア一の木登りじょうずだってことは、知ってるよ。もしそばに木があったら、登ったらいい。だけど、いい登山家はいつも代案を用意しておくんだ。もし、バッファローと出くわしたのが、草も生えていないようなところだったら、どうする？」

「えーと、そのときは……そうか、地面に伏せないといけないんだね」

ババがにやっと笑った。

「そうだ。さあ、山に入る準備《じゅんび》はできたかな」

「うん、ババ」

4 ハイエナの声とゾウの足あと

目がさめると、自分がどこにいるかわからなかった。マケナはあわてた。暗いじめじめした沼地の悪夢《あくむ》から浮《う》かび上《あ》がったものの、目はよく見えないし、汗《あせ》びっしょりになっている。泣いていたみたいに、頬《ほお》もぬれている。

ちょっとの間（それが、とても長く感じられたのだが）、マケナには何も見えないし、何も聞こえなかった。でもありがたいことに、だんだんに音や形がわかってきた。近くを流れていく川のせせらぎ、星空に向かって開かれているテントのフラップの曲線、そして、となりの寝《ね》袋《ぶくろ》で眠《ねむ》っているババの姿《すがた》。

マケナは、ババの腕《うで》を急いでゆすった。反応《はんのう》がない。もう一度ゆする。何も起こらない。マケナはかたずをのんで、ババが呼吸《こきゅう》するのを待った。息をしていないみたい。マケナがもう二回息を吸《す》っても、ババはじっとしたまま動かない。

死んでしまった？　もしババが死んでいて、マケナがひとりで大自然に放り出されているとすると、野生動物のえじきになってしまう。

マケナは、ババの手をつかんで、しゃくりあげた。

「あたしをひとりにしないでよ」

ババはわずかに目をあけると、つぶやいた。

「だいじょうぶだよ、マケナ。わたしがここにいれば、ハイエナだって何もしない。あいつらは、見かけほど凶暴《きょうぼう》じゃないんだ」

そう言うと、ババはまた眠りこんで、かすかにいびきをかきはじめた。

マケナはホッとして、また横になった。心拍数《しんぱくすう》がゆっくりになる。なんてバカだったんだろう。ついつい小さな子どもみたいに不安にかられてしまった。悪夢は、恐怖《きょうふ》やアイデアや記《き》憶《おく》をまぜこぜにして頭がこしらえるスープだって、ママが言っていたのを思い出す。でも夢《ゆめ》で感じた恐怖は、かんたんには去っていかなかった。こまかい部分は、猛毒《もうどく》のマンバ（コブラ科のヘビ）みたいにするすると消えていくのだが、のどをしめつけるような黒い毒液《どくえき》は、まだマケナの血管《けっかん》の中で脈《みゃく》打《う》っているような気がする。

マケナは、テントの三角になった入り口から見えている美しい星空に目をやった。ババが、寝る前にテントのフラップをあけておいてくれたので、マケナは寝袋に入ったままで、けわしい山並《やまな》みの上にきらきら光る星を見ることができた。

こんなに最高の一日を送ったあとで、悪い夢を見るなんて、ふしぎだ。きっとハイエナのせいだろう。あの笑うような声を聞いて、不安になったのだ。何もおかしなことはないのに、ハ

イエナがあんな声をあげるからだ。

夕ごはんのときのマケナは、たき火を前にして満ち足りた気持ちになっていたのに、ハイエナの声を聞くと、死者が動きだしたみたいにゾッとした。

最初に不気味な声を聞いてマケナがかけよると、ババはマケナをぎゅっとだきしめて、自分がそばにいるかぎりハイエナは何もしないと言ってくれた。

「あいつらは、見かけほど凶暴《きょうぼう》じゃないんだ」と。

それでホッとしたのもつかの間、今度はヒッヒッヒという声も聞こえてきた。山あいに、錯《さく》乱《らん》したような吠《ほ》え声《ごえ》や笑い声がこだまする。ぽちゃっとしたキノボリハイラックス（樹上で暮らす小さな哺乳類）がびっくりしたのか、キーッというさけび声をあげた。赤い目と丸めた背中《せなか》が、あっちにもこっちにも見えるような気がする。

「ババ、テントの中にかくれたほうがいいんじゃないの？　ハイエナがオオカミみたいに群《む》れで襲《おそ》ってくるかもしれないでしょ」

ババは笑ったが、バカにした笑い方ではなかった。ババは、娘《むすめ》のためにキャンプ用の湯たんぽをしつらえているところだった。レンガくらいの大きさの石を火であたためて、麻袋《あさぶくろ》でくるむのだ。

「いいや、ハイエナは、魚のカレーやライスなんかほしがらないよ。自分たちの晩《ばん》ごはんをめぐって争ってる最中だからな。たぶんくさった肉でも見つけたんだろう。あいつらには、そういう肉のほうがおいしいらしい」

そう聞いても、マケナはまだ安心できなかった。ハイエナが強いあごで、人間の腕《うで》を小枝《こえだ》のようにへし折るという話を何度も聞いていたからだ。

「ケニア山のハイエナは、かしこいんだよ」ババはつづけた。「『臆病《おくびょう》なハイエナは長生きする』っていう、スワヒリ語のことわざを知ってるんだからな。このことわざは、人間にもあてはまるんだが」

「でも、臆病なのはよくないことでしょ、ババ。臆病な人は弱くてみじめで、みんなから信頼《しんらい》してもらえないもの」

ババの目がきらっと光った。

「マケナもいろいろ考えてるらしいな。だが、年をとると、人生はそう単純《たんじゅん》じゃないってことがわかるんだよ。用心を重ねて危険《きけん》を避《さ》けるほうがかしこい、っていうときもあるんだ。とくに家族ができて、この先ずっと大事にしたいと思うようになるとな」

「ババみたいに、ってこと?」

「そうだよ」

「でも、ババは勇敢《ゆうかん》よ。勇敢じゃなかったら、登山家にはならないもの。臆病なのがときにはかしこいってことは、勇敢なのがおろかなときもあるってこと?」

ババは笑った。

「むずかしい質問《しつもん》に答えるには、もう夜もおそい。わたしにわかっているのは、崇高《すうこう》な理由があって勇敢になるのは、すばらしいということだ。崇高な理由というのは、ほかの人を助けたり、正しいことのためにたたかったり、命を救ったり――自分の命もふくめてだよ――ということだよ。さてと、しゃべっているうちにのどがかわいた。チャイ（ケニアでは砂糖入りのミルクティーをさす）をつくるのを手伝ってくれるかい？　それとも、わたしひとりでつくろうか？」

マケナは寝袋《ねぶくろ》の中で何度も寝返りを打った。頭の中にいろいろなイメージがうかんで、なかなか眠《ねむ》れない。外で物音が聞こえるたびに、あれは残り物をさがしているロック・ハイラックスで、歯ごたえのあるおいしい子どもを探《さが》しているハイエナではないと自分に言い聞かせる。これまでのところ、この山とはうまくつきあうことができていたのだから。

その日の午後、霧《きり》に包まれた林の間のコケの生えた場所を歩いているとき、二人はバッファローにもゾウにも出くわさなかった。それどころか、二人が見かけた大きな動物は、コロブスというサルの群《む》れと、きゃしゃなズグロダイカー（シカに似たウシ科の動物）くらいだった。

高度が高いので、低い木が多く、ねじれた木の枝《えだ》には地衣類《ちいるい》がついている。ゾウが通ったしるしの足あとを一つだけ見つけた。マケナはかがみこんで、レースのように繊細《せんさい》な、かすかな足あとを調べた。マケナの足あとのほうが二倍も深い。

「どうして一つだけなの？　一本足のゾウなんて、いないのに」

「探《さが》し方さえわかれば、ほかの足あとも見つかるよ。ただし顕微鏡《けんびきょう》が必要になるかもしれないな。アフリカゾウは巨大《きょだい》だけど、足どりは軽やかなんだ。ケニア山の小さなモグラジネズミの中には、ゾウより深い足あとをつけるのがいるよ」ババが言った。

ババは、自分が足首を骨折《こっせつ》した場所も見せてくれた。山岳《さんがく》ポーターになって初めての仕事のときだという。

「すごい冒険《ぼうけん》をしているときだったらよかったんだが、チカラシバの茂《しげ》みにつまずいて、変な転び方をしたんだよ。ほかのポーターたちは、死ぬほど笑ってた。わたしは、死ぬほど恥《は》ずかしかったけどな」

そのころは、まだ携帯《けいたい》電話がなくて、無線機も山ではほとんど役に立たなかった。そのときの登山客は、お金持ちのビジネスマンたちだったが、そのまま先へ進みたがったし、ババを手助けできる余分《よぶん》なガイドやポーターもいなかった。だから、ババは片足《かたあし》ではねたり、這《は》ったりしながら、なんとか山をくだり、救援《きゅうえん》の人が来るのを待ったのだ。そんなババをはげましてくれたのは、オトギリソウの黄色い花のお茶だけだったという。

何度も聞いた話だが、実際《じっさい》にその場所を見ると、いっそうリアルに感じることができた。

「どうしてあきらめて、もっとかんたんな仕事をしようと思わなかったの？　たとえばライオンの調教師《ちょうきょうし》とか。山に入って最初の日に足を骨折したら、あたしなら、そうするな。だって、何かのしるしだと思うもん」

「しるし？　なんのしるしだい？　わたしが山岳ガイドになるには、不器用でマヌケすぎるっていうしるしか？　それで夢《ゆめ》をあきらめたほうがいいとでも？　いや、マケナ、山に登るのは人生の旅路みたいなものなんだ。ゆっくりと一つの道を歩むことから始めて、もしうまくいかなかったり、壁《かべ》にぶつかったりしたら、別の道が見つかるまで探せばいい。いつだって、どこかにチャンスは転がっているんだから。歩きつづけ、努力をつづけていれば、そのうちに目的地に着くんだよ」

5　ふしぎな出会い

「マケナ、だいじょうぶかい」ババがきくのは、これで三度目だ。「今日という日を待ちこがれていたんだろう？　糸の切れたタコみたいに舞《ま》い上《あ》がって、おさえがきかなくなるんじゃないかと思ってたんだが、やけにおとなしいじゃないか。夜はちゃんと眠《ねむ》れたのかい？　夜中にハイエナがこわいと起こされたような気がしたんだが、あれは夢《ゆめ》だったのかな？」

「夢でしょ、ババ。もぞもぞしてたのは、ちょっと寒かったからよ」マケナはウソを言った。

「ちょっとだって？　それなら、わたしよりたくましいな。夜の霜《しも》は、たちが悪い。ヘドベリという有名な教授《きょうじゅ》がこんなふうに言ったことがある。赤道にあるケニア山のような山では『昼間はいつも夏で、夜はいつも冬だ』ってな。あの湯たんぽが、役に立ったならいいんだけど」

「うん、あれがあって助かったよ。心配させたんなら、ごめんなさい。今、口数が少ないのは、何もかもをちゃんとおぼえておこうとしてるからなの」

　それは本当だった。ぬかるんだ急坂をカジータ川までくだったときのことは、しっかり記憶《きおく》に残っている。ババのヘッドランプに照らされたさざ波や渦《うず》が、油膜《ゆまく》みたいな黒っぽい金色に見えていた。流れがマケナの足を洗《あら》っていた。まだ暗い朝の五時にすべりやすい岩をつたっていくのはあぶなっかしくてハラハラしたが、いやではなかった。マケナは、ずっとこういう冒《ぼう》険《けん》をしたいと思っていたからだ。

夜明けの光がさしてきたとき、二人は、ルトゥンドゥの丸太小屋の前を通った。イギリスのウィリアム王子はケイト・ミドルトンにこの小屋でプロポーズしたのだ。マケナは、未来のプリンセスが婚約《こんやく》を受け入れた場所なのだから、何も邪悪《じゃあく》なことは起こらないと思おうとしていた。それでも、悪夢《あくむ》を見て以来、不吉《ふきつ》な予感は、ヘビの皮のようになかなか離《はな》れていかない。もしかすると、ケガをしたふりをして、山登りを中止したほうがいいのではないだろうか。あの悪夢が正夢だったらどうしよう？　そう思っていたとき、ババが笑顔でふりかえった。

「来てくれて、ほんとにうれしいよ。こんなふうにいっしょに山登りをする日が来るのを、十一年間も待ってたんだ。この日が本当に来たなんて夢みたいだな」

マケナはうしろめたくなり、ババと腕《うで》を組むと、元気を出して岩だらけの道をたどっていった。

太陽がのぼると、荒《あ》れ地《ち》の風景は、すばらしい美しさを見せた。斜面《しゃめん》には、マケナの背《せ》より高い、青リンゴ色のエリカが生え、ところどころにピンク色の花がのぞいている。ケニアの狩《か》りの王者コシジロイヌワシが上空を旋回《せんかい》している。

黒いワシを見ているうちに、マケナは落ち着いてきた。よけいなことは考えないで、あのワ

シをずっと見ていよう。ババは、石をざくざくふみながらとなりを歩いている。

「スコットランド人のお客は、ケニア山の高原や沼を見ると、ふるさとの高地や湖を思い出すって言ってるよ。ただし湖とは呼《よ》ばずに、あっちではロッホと呼ぶらしいけどな」

スコットランドについてマケナが知っているのは、男の人もタータンチェックのスカートをはいていて、みんながハギスを食べているということだけだ。ハギスというのは、ママに言わせると、羊の胃袋《いぶくろ》の内側に、羊の心臓《しんぞう》や肝臓《かんぞう》や肺《はい》とオートミールをつめた食べ物で、地元では大いに愛されている郷土《きょうど》料理なのだそうだ。ベジタリアンのマケナが行ってみたいと思うような場所ではなかった。

でも、もしスコットランドの高地がこういう場所なら、考え直してもいいかもしれない。楽園みたいな場所と言っていいような気もする。

ルトゥンドゥ湖には、手こぎのボートが一艘《そう》おいてあり、二人はそれに乗りこんだ。ババがこぎだしたので、マケナは船べりをつかんだ。ズボンの下の木製《もくせい》ベンチはひんやりしていた。岸を離《はな》れていくボートの下の澄《す》んだ浅瀬《あさせ》を影《かげ》がよぎった。太古からいるようなマスだ。

ボートで食べる朝ごはんは、ピーナツバターとジャムをはさんだサンドイッチと、皮が少し黒くなったバナナと、水筒に入れてきたチャイだ。湖は静かで、ボートもほとんどゆれずに、山影を映《うつ》した湖面をただよっていた。この山は、三百万年以上前からある成層《せいそう》火山で、今は活動していない。

ババは、生き生きとしていた。

「わたしたち夫婦《ふうふ》は退職《たいしょく》したら、こんな景色の場所に住みたいと思ってるんだよ。都会はどうも苦手なんだ。百万長者になろうとも思わないから、山や水を見ながら年をとっていきたいよ」

マケナはパンくずを水に落とした。すると、銀色の小魚の群《む》れが浮《う》き上《あ》がって、パンくずをさらっていった。

「キリマンジャロとケニア山は、どっちが最高の山なの、ババ?」答えがわかっているのに、ついきいてみたくなる。

ババは冷笑を浮かべながら言った。

「キリは巨大《きょだい》な丘《おか》で、白人の観光客にも登りやすい。でも、ケニア山のほうは本当の山だよ」

「でも、アフリカでいちばん高いのはキリマンジャロでしょ。六千メートル近くあるんだもん。ケニア山は五千百九十九メートルしかないのに」

「そうだ。だが、噴火《ふんか》する前のケニア山の噴火口は、今より千メートルも高いところにあったから、アフリカ一の高さだったんだよ」

寝袋《ねぶくろ》をまくらがわりにして、マケナはあお向けに寝ると、頭の中でアリス湖までのルートを思《おも》い描《えが》いた。ルトゥンドゥの丘を越《こ》えていくルートは、きついがまっすぐな道だ。まちがいが起こるとは思えない。それなのに、こんなに不吉《ふきつ》な胸《むな》さわぎがするのは、どうしてなのだろう?

「ババは、山にいるときにこわくなったことはないの?　死ぬんじゃないかと不安になったりしたこともある？」

「一度あるよ。あれは、南西の急斜面《きゅうしゃめん》を走っているダイヤモンド・クロワールという氷の谷を登っているときだった。八メートルも張《は》り出《だ》した岩でドライツーリングを始めた。ドライツーリングっていうのは……」

「アイゼンかロック・シューズをはいて、ピッケルを使って岩壁《がんぺき》を登ることでしょ」マケナがすぐにつづきを言った。

ババは笑った。

「そうだったな。マケナはもう登山の理論《りろん》をすっかりおぼえているんだった。あとは実地練習するだけだもんな。で、わたしは、張り出した部分のむずかしい箇所《かしょ》は、かんたんに乗《の》り越《こ》えた。でもクロワールを半分登ったところで、氷のかたまりが崩壊《ほうかい》した。氷でできた尖塔《せんとう》がくだけて落ちてきたんだ。すぐそばをかすめてな。岩に張りついてなかったら、やられてただろうな。でも、ハクナマタタ、心配しなくていいさ。命は助かって、こうしてそのときのことが話せるんだからな」

「でも、死んでたかもしれないんでしょ、ババ！」

「だけど、死ななかった。その日は、山では注意しろと本能《ほんのう》が教えてくれていた。だから、危《き》険《けん》に用心していたし、心がまえもできていた。登山家はだれでも自分なりのルールを持っていて、それが身についた習慣《しゅうかん》になっている。本能がおかしいと感じているときに、それを無視《むし》したり忘《わす》れてしまったりすると、命があぶなくなるんだよ」

「ババのは、どんなルールなの？」

「何度も聞いてもう知ってるだろう、マケナ」

それでも、ババは指を折りながらつづけた。

「どんなにかんたんな、よく知っているルートでも、天候《てんこう》や衣類や装備《そうび》を念入りに確認《かくにん》すること。危険《きけん》を最小限《さいしょうげん》にするために、最大限の努力をすること。グループの中のいちばんおそい人のペースにあわせること。自分の体と心の声に耳をかたむけること。それから、わたしにとってはこれがいちばんなんだが、自分の直感を信じることだ」

マケナは、それを聞いても、わけのわからない不安にさいなまれたまま、何も言えずにたたずんでいた。


ボートを湖の向こう岸につけると、ババが釣《つ》り竿《ざお》をとりだした。マケナは岸辺を探検《たんけん》してみることにした。小道の両わきには、ユリやハーブやオオヒエンソウが生えているし、プロテアのビロードのような黄色い花も手をかすめる。

小鳥たちが歌いながら飛ぶ。行く手にいるミヤマイワビタキは人間を見ても驚《おどろ》かず、なかなか飛んでいかない。宝石《ほうせき》のようなタイヨウチョウは、グラジオラスの蜜《みつ》を吸《す》っている。アカバネテリムクという鳥はロベリアの花の間でカタツムリを探《さが》している。

ここは、どこから見てもマケナが思《おも》い描《えが》いていた山の楽園だった。この不吉《ふきつ》な胸《むな》さわぎがおさまって、もっと楽しめたらいいのに、とマケナは思った。もうすぐ二人は、アリス湖とイタングネ・リッジまでの二時間のルートを登り始める。この日が来るのをあれだけ楽しみにしていたのに、どうしてこんなに不安になるのだろう。

アシの間からせまい浜《はま》が見えたので、そこまで行ってみることにした。細かい砂《すな》にひざをつき、冷たい水で顔を洗《あら》う。生き返ったような気持ちになり、マケナは水に映《うつ》った自分の姿《すがた》ににっこりした。

そのとき、アシがざわざわと動き、マケナはドキッとした。水に映る日の光が、まぶしく目を射《い》る。ぬれたまつげの間から見ると、金色の影《かげ》のようなものが緑の中からあらわれるのが見えた。カモだろうか？　それともマングース？

動くと驚いて逃《に》げるかもしれない。マケナはじっとして、息さえ止めていた。金色の影は頭を下げて水を飲んだ。

マケナがぱちぱちと目をしばたたくと、はっきり見えるようになった。湖面がキラキラ光るので逆光《ぎゃっこう》だが、それはオオミミギツネだった。ふさふさの尻尾《しっぽ》といい、とがった妖精《ようせい》みたいな顔といい、黒っぽい耳のカーブといい、まちがいない。金茶色の毛皮はなめらかだ。手をの

ばせば、さわれそうなくらいそばにいる。

キツネは頭を上げてふり返ると、恐《おそ》れを知らない目でマケナを見た。ひげにはダイヤモンドのしずくがついている。

「マケナ、そこにいるのかい？」ババがアシ原を分けてやってきた。「そろそろ出発しよう。バティアンとネリオンの間が霧《きり》の門にとざされる前にアリス湖につきたかったらな」

キツネは逃《に》げ、影《かげ》も消えた。でもマケナの胸《むね》は、思いがけない歓喜《かんき》にふくらんでいた。

「ババ、ババ！」マケナは土手をのぼりながら言った。「信じられないかもしれないけど、今、あたし、オオミミギツネを見たの。すぐそばにいたんだよ。まるで魔法《まほう》みたいに。ふしぎな魔法みたいに」

「湖にキツネがいたって？　それはどうかな、マケナ。この山にキツネがいるという話は聞いたことないぞ。キツネは、家族といっしょに平原の穴《あな》にたいてい暮《く》らしてるんだがな。もしかしたら、セグロジャッカルだったんじゃないか？　遠くから見ると似《に》てるんだ。あるいは、シロオマングースだったかもしれないぞ」

そう言われて、マケナはとまどった。あれはジャッカルだったのだろうか？　いや、そんなことはない。きらきらしたキツネがこっちをじっと見ていた。あのキツネが、マケナの不安をふき飛ばし、喜びをとりもどさせてくれたのだ。

「あれは、ひげにダイヤみたいな水のしぶきをつけたオオミミギツネだったの。百パーセントたしかなの」

　ババは、娘《むすめ》の肩《かた》をだきよせて言った。

「ひげにダイヤのしぶきをつけたオオミミギツネだって？　マケナが見たというなら、そうだろう。百聞は一見にしかずって言うからな。百聞は一見にしかずってな」

6　のろわれた病

「一週間でもどるから、さびしがってるひまなんかないわよ」

ママが、マケナをやさしくだきながら言った。ママは、コールドクリームと愛情《あいじょう》のにおいがする。

「いい子にして、宿題の作文もちゃんと書くのよ。ケニア山で冒険《ぼうけん》してきたから、書くことはたくさんあるでしょ。きれいな字で書いてちょうだいね。急いで書くと、よっぱらったアリが体操《たいそう》してるみたいになっちゃうわよ。それから、消灯《しょうとう》時間のあとは懐中電灯《かいちゅうでんとう》で本を読んじゃだめよ」

マケナは、ママの古いスーツケースのジッパーを閉《し》めるのを手伝った。片側《かたがわ》にはやぶれたところがあって、粘着《ねんちゃく》テープが貼《は》ってある。マケナはすでにさびしくなっていたが、両親はメアリおばさんの看病《かんびょう》に行くのだから、わがままは言えない。マケナがババもママもいない夜を過《す》ごすのは、今度が初めてだ。学校では、多くの子どもたちがひとり親家庭だったり、親が離婚《りこん》していたり、あるいは親がいなかったりするので、マケナのように両親そろっている子どもは少ない。

ババが寝室《しんしつ》に入ってきて、腕時計《うでどけい》をトントンたたきながら言った。

「何に時間をかけてるんだ、ベティ？　フライトに間にあわなくなるってサムソンがあせってるぞ。空港まで三時間かかるかもしれないのに、あと一時間しかないんだ」

「ハラカ　ハラカ　ハイナ　バラカ」ママが、スワヒリ語でからかった。「急げ急げは、いいことなし。カゲンド、あなただって、いつも急がば回れって言ってるじゃないの」

ババは笑った。

「ふだんなら、それがわたしの哲学《てつがく》だよ。でも、飛行機に乗りおくれても、いいことなしなんだ。きみの妹が待ってるんだからね。マケナとわたしで、スーツケースを車に運んでおくよ。シエラレオネまでのチケットとパスポートを、忘《わす》れないようにな」

マケナはときどき、おばさんが住んでいる西アフリカの国について考えるのだが、そのときに思《おも》い浮《う》かぶのは、きらきら光る魚みたいにダイヤモンドがただようコーヒー色の川ではない。長い内戦のあいだ、自分と同じかあるいはもっと小さい子どもたちが、兵士として戦っていたことだ。多くの子どもたちが家族から引《ひ》き離《はな》されてジャングルに連行され、自動小銃《しょうじゅう》を持たされて、貴重《きちょう》な宝石《ほうせき》をめぐる戦いに巻《ま》きこまれていたのだ。

そうした「血のダイヤモンド」は、遠くに住む金持ちに売られ、皮肉なことにロマンスや永《えい》遠《えん》の愛の象徴《しょうちょう》になっている。血のダイヤモンドを指にはめても、そのために泥《どろ》の中でもがいたり、戦ったり、死んでいったりする飢《う》えた子どもたちのことは、一生考えない人もいる。

シエラレオネの内戦は二〇〇二年に終わった。ママの妹のメアリは、この六年間、首都フリータウンで暮《く》らしている。地方の村に衛生的《えいせいてき》な飲み水を供給《きょうきゅう》する慈善団体《じぜんだんたい》で救援《きゅうえん》活動をしているのだ。

ふだんはそうなのだが、一週間前にメアリはへんぴな地域《ちいき》に出かけて、マラリアにかかった。なかなかお医者さんにみてもらえなかったこともあり、今は深刻《しんこく》な状態《じょうたい》らしい。それでババは、勤《つと》め先《さき》の〈新赤道ツアー〉から特別休暇《きゅうか》をもらい、ママが担任《たんにん》をしているクラスには、留守《るす》のあいだ臨時《りんじ》の先生が来ることになっている。二人は、メアリおばさんにシエラレオネでできるだけいい治療《ちりょう》を受けさせたのちに、ケニアに連れ帰って療養《りょうよう》させるつもりだ。

マケナは、この急な展開《てんかい》をなんとか受け入れようと努力していた。二日前には、マケナは世界のてっぺんにいた。まあ、てっぺんは言《い》い過《す》ぎかもしれないけど、ンガイの山の家の二階か三階にはいたのだ。イタングネ・リッジまで登り、枝《えだ》と、くしゃくしゃの赤いティーシャツでつくった旗を立ててきた。

登山家はふつう、頂上《ちょうじょう》に到達《とうたつ》したときに旗を立てるのだが、ケニア山の場合、いちばん登りやすいレナナ・ピークでも、高度への順応《じゅんのう》が必要になり、五日間の日程《にってい》を組まなくてはならない。それは今のマケナには無理だった。

「この次の楽しみにしよう」ババは言ってくれた。

マケナは残念には思わなかった。満足していたからだ。アリス湖に行くとちゅうにコシジロイヌワシが見るみたいに大地溝帯《だいちこうたい》を見おろせる場所があり、平原にシマウマや、ヌーやキリンが点々と散らばっているのを見ることができた。バティアンやネリオンの白くかがやく頂上《ちょうじょう》も見えたし、すぐそばでキツネにも遭遇《そうぐう》した。

でも楽しい時間は、山からおりて、ババの携帯《けいたい》電話に緊急《きんきゅう》メッセージが入ったときに終わりを告《つ》げた。高山病を防《ふせ》ぐためにナニュキでひと晩過《ばんす》ごすと、次の日の朝早くにはナイロビまで急いで帰らなくてはならなかった。

今、ババはマケナをしたがえ、スーツケースを持って外に出ていった。マケナが背負《せお》ったリュックには、これからの一週間に必要になる衣服や本がつまっている。

「実際《じっさい》は、たったの六日半よ。一週間にもならないんだからね」ママが言った。

チベロさんの車に、スーツケースをしまいこむと、ババは、ポケットから一枚《まい》の写真をとりだした。ババが、氷の壁《かべ》にしがみついている写真だ。大きな笑顔を浮《う》かべている。

「お客さんのひとりが送ってくれた写真だ。これをあずけておこう。だけど、ママには見せるんじゃないぞ。心配するからな」ババが言った。

「ほんと。見せないほうがいいわよ。じゃないと、マケナに会計士になる勉強をさせるかもしれないからね」ババの言葉を小耳にはさんだママが言った。

「まさか」マケナが抗議《こうぎ》した。「ママだって勇敢《ゆうかん》なババが好きなんでしょ」

　ママは、笑いながら返事をした。

「認《みと》めたくはないけど、たしかにそうね」

「もうぎりぎりの時間だよ」チベロさんが文句《もんく》を言った。「ルイス・ハミルトン（何度も優勝したことのあるF1ドライバー）なら別だけど、ナイロビは渋滞《じゅうたい》がひどくて、タイヤもぺちゃんこだと自転車以上のスピードは出ないんだ。それとも、めちゃくちゃなマタトゥみたいに運転しろって言うんですか？　じゃまする車があったら、００７映画《えいが》のジェームズ・ボンドみたいに、乗《の》り越《こ》えていけ、とでも？」

「まあ、落ち着いて。マケナのおむかえがすぐに来るから、そしたら出発しましょう。マケナ、歯ブラシは持ったの？」ママがきいた。

「ううん。あたしは枝《えだ》や葉っぱを使って歯をみがくの」

「まあ、高級だこと」

「そんなに心配しなくてもだいじょうぶなのに」マケナは抗議した。

「母親っていうのは、心配するものなのよ」

　車が一台近づいてきて停まった。車から出てきたのは、ママの同僚《どうりょう》のシャニだった。シャニはケニア人の算数の先生で、夫はコンピュータの会社を経営《けいえい》している中国人だ。二人には、子どもが四人いる。赤ちゃんと、よちよち歩きの幼児《ようじ》と、とっても頭のいい十一歳《さい》のふたごリーとレオだ。この一家は、マケナが知っているなかでも、いちばんいそがしそうだ。子どもたちは護身術《ごしんじゅつ》、中国語、ピアノといろいろな教室に通っている。でも、とてもいい人たちで、リーとマケナはどちらも読書が大好きという共通点があった。

「妹さんにくれぐれもよろしくね」シャニがママに言った。「早くよくなるようにね。だけど、マラリアだっていうのは、たしかなの？　あっちじゃ、のろわれた病も流行ってるってニュースで言ってたけど」

「のろわれた病って？」マケナがきいた。

ママが、マケナをぎゅっとだきしめた。シャニの言葉にムッとしているみたいだ。

「エボラ出血熱のことを言ってるんだったら、心配はいらないわよ、シャニ。メアリは、お医者さんからマラリアだって診断《しんだん》されてるんだから。ギニアとの国境近くではエボラ出血熱も出たみたいだけど、今はおさまってるの。わたしたちが行くのはケネマの近くで、そことはずいぶん離《はな》れてるから。妹が自分で動けるようになったら、すぐナイロビにもどるわ。もしかしたら日曜日より前にもどれるかもしれないわね」

ババがやってきて言った。

「ベティ、もう行かないと」

ババは、マケナの編《あ》んだ髪《かみ》をいとおしそうに引《ひ》っ張《ぱ》りながら言った。

「それではそれでは行ってきます」

「それではそれでは行ってらっしゃい」マケナも言った。

「ニナクペンダ！　愛してるわ」ママは両手でマケナの顔をはさむと、鼻の頭にキスをした。

「あたしもよ。メアリおばさんによろしくね。早くよくなるようにお祈《いの》りしてるからね」

シャニが車のドアをあけ、マケナはふたごのとなりに乗りこんだ。

「ねえねえ、ほら、これ見て」リーが、ミステリー小説を差し出した。「シリーズの最新刊《さいしんかん》だよ」

シャニがギアを入れて車を発進させたとき、マケナは本のカバーにあるキャッチコピーを読んでいた。あとでそのことをマケナはしょっちゅう思い出すようになる。マケナはこのとき、一度もふり返らなかったのだ。

7　まちがい電話

「テレビ、どうして見ちゃいけないの？　いつも土曜日にはテレビを見てるのにさ」レオが不満をもらした。

「お客さんがいるからだ。失礼だろ。お姉ちゃんやマケナとボードゲームをすればいい。スクラブルとかモノポリー（どちらもボードゲームの一種）とか、な？」ティンさんが息子《むすこ》のレオに言い聞かせる。

「そんなの年よりがやる、つまんないゲームだよ。『マインクラフト』（人気のあるコンピュータゲーム）とかネットゲームがしたいんだ」

「マナーはどうした？　それにネットはつながらないって、もう何度も言ってるだろ。修理《しゅうり》の人が来るのを待ってるけど、来週にならないと来ないんだ」

「父さんはＩＴ《アイティー》の仕事をしてるんだから、直せるんじゃないの？」

「ブロードバンドの会社で働いてるわけじゃないからね。道路の下のケーブルの修理はできないよ。ネットのことはもう忘《わす》れなさい。しつこく言うんじゃないよ」

「でも、さっき父さんがネットサーフィンしてるの見たよ」

「あれは、前にダウンロードしといたビデオだよ。それに、ほかの人がしていることに鼻をつっこむんじゃない。だったら数独《すうどく》(パズルの一種)の本でも見てなさい。頭がよくなるよ。わたしが、おまえくらい小さいときには、『花はまた咲《さ》くけど、若《わか》いときには二度ともどれない』って、よくお母さんに言われたもんだ。時間をむだにするんじゃないぞ」

マケナは、本を読んでいるふりをして、何も言わなかった。気分が悪い。何かがおかしい。マケナも、さっきティンさんがネットを開いているのを見て、ワイファイが故障《こしょう》していないことはわかっていた。マケナがそばを通ると、ティンさんはラップトップを急いで閉《と》じたが、ニュースページがちらっと見えてしまった。白い防護服《ぼうごふく》と防護メガネをかけた人たちが昏睡《こんすい》状態《じょうたい》で毛布《もうふ》にくるまっている女の人の小屋に消毒液《しょうどくえき》をまいていた。西アフリカのギニアのニュースだった。

マケナの両親は、そこから何百キロも離《はな》れたシエラレオネにいて、安全なはずだ。でも、心配しなくてもいいなら、シャニやティンさんのようすがおかしいのは、どうしてなのだろう？

両親は、これまでに二度、メールを送ってきた。一度目のはフリータウンに到着《とうちゃく》したことを知らせ、二度目のメールには、ケネマ近くのメアリおばさんのところにいるが、おばさんの状態は思ったより悪いと書いてあった。それ以来五日が過《す》ぎた。電話はマケナもあまり期待していない。シエラレオネの田舎《いなか》のほうからだと電話は高くつくし、通信も安定していない。それでも、電話がかかってくるといいのに、とマケナは思うのだった。

リーとレオは、数独《すうどく》のことで言い争っていた。マケナは本の同じ箇所《かしょ》を何度も何度も読みながら、早く時間が過《す》ぎて日曜日になればいいと思っていた。日曜日には、五時四十分のフライトで両親が帰ってくる。シャニの携帯《けいたい》電話が鳴ったとき、マケナの胸《むね》は期待にふくらんだ。シャニは、話す前に携帯電話をつかんで部屋を出ていった。

そして、長いこと、もどってこなかった。マケナはそわそわと落ち着かなかった。ふたごは撃《う》ちあいっこをしているし、下の子は、おもちゃの剣《けん》でレゴのお城《しろ》をこわしている。あれがママからの電話だったらいいのに。

会話の切れはしが聞こえてきた。

「それ以上もう心配しないで。マケナは元気にやってるし、リーと楽しく遊んでるから」

マケナは廊下《ろうか》を走って玄関《げんかん》ホールに向かったが、靴下《くつした》がすべってテーブルの角《かど》にひざをぶつけた。

「シャニおばさん、ママなの？　あたしも話さないと。お願い、あたしにも電話させて」

シャニは、電話をとりあげて、通信が終了《しゅうりょう》しているのを見せた。

「残念だけど、カードの料金がなくなったみたい。電話が切れちゃったの」

マケナはシャニを呆然《ぼうぜん》と見つめた。怒《いか》りで涙《なみだ》がわいてくる。マケナがこんなに話したがっているのに、ずっとシャニばかり話していたなんて、ひどすぎる。

でも、非難《ひなん》の言葉を口にする前に、シャニはマケナをすわらせると、やさしい声で、悪い知らせがあったと言うのだった。メアリおばさんが、亡《な》くなったのだ。それで、これからお葬式《そうしき》をとりおこなうために、マケナの両親はあと一週間、シエラレオネにとどまることになったという。

マケナはおばさんが亡くなったと聞いて悲しかったし、悲しんでいるママのことも心配だった。でも、あと一週間も両親に会えないかと思うと、それが何よりつらい。

「なら、二十日に帰ってくる？」

「もしかすると、二十一日かも。どのフライトを予約できるかによるわ。あなたのママは、あなたと話したがってたんだけど、電話がビービーいいだして、切れちゃったの。あなたを愛してるし、そばにいなくてさびしいって言ってたわよ。二日くらいしたら、こっちから電話してみましょうか？　それに、今はママはとても悲しいし、頭も痛《いた》いんですって。考えなきゃいけないこともいっぱいあるんでしょうね。だから、どっちにしても別の日に電話したほうがいいわ」

♥♥♥

二十日の明け方、ケニア山でも見た不吉《ふきつ》な悪夢《あくむ》がもどってきた。悪夢の中で巨大《きょだい》な灰色《はいいろ》のヘビがマケナに巻《ま》きつき、命をうばおうとしていた。

目をさますと、シーツがからみついて、息ができなくなっていた。同じ部屋で寝《ね》ていたリーが、マケナを見おろしている。

「マケナ、ぐあいが悪いの？　うんうんうなってたし、熱があるみたいよ。母さんを呼《よ》んでこようか？」

シャニが見にきて、大さわぎになったら、たいへんだ。マケナは笑顔をつくると、言いわけをして、また眠《ねむ》ったふりをした。

あと少しで、待っている時間は終わる。あと二十四時間で両親が帰ってくる。そうしたら、何もかもが、もとどおりになる。ババが登山に出かけたり、ママが理科を教えていたりするとき以外は、マケナはもう二度と二人から目を離《はな》さないつもりだ。

その日、学校にいるのはつらかった。教室の、ひびが入った時計の針《はり》はちっとも進んでいかなかった。あともどりしたんじゃないかと思ったくらいだ。

午後のネットボールの時間が終わると、マケナは校門まで走っていって、シャニとリーを待った。その夜は、空港まで連れていってほしいと、ティンさんたちにたのむつもりだった。次の朝、五時四十分に両親が乗ったフライトが到着《とうちゃく》したときに出むかえたい。なんなら、空港でひと眠りしてもいい。

校門の前を行ったり来たりしているとき、「デイリー・ネーション」という新聞が、守衛《しゅえい》さんの椅子《いす》の上においてあるのが目に入った。一面には「最新情報《じょうほう》――エボラ、制御不能《せいぎょふのう》に」

という大きな見出しがおどっている。「エボラは死につながる」と赤く大書された看板《かんばん》の下で村人たちが手を洗《あら》っている写真ものっている。

守衛さんは、マケナに背《せ》を向け、校門の前で停まった車のほうにかがみこみ、紙に何か記入している。マケナは新聞をつかむと、番小屋のうしろにかくれた。新聞をめくっているうちにこわくなった。一枚《まい》の写真には、うすよごれた家の中庭に立っている黒板が写っていた。そこには、こう書いてあった。

感染症《かんせんしょう》発生家屋
警察《けいさつ》の指示《しじ》により
無断《むだん》立入禁止《きんし》

でも、写真では、だれもその指示に注意をはらってはいないようだった。ニワトリは赤土をつついているし、ポーチにおかれたあわだらけの洗《あら》い桶《おけ》の横には、幼児《ようじ》が腰《こし》をおろしている。その母親は、ほかの一日と何も変わらないみたいに、洗濯物《せんたくもの》をひもに干《ほ》している。友だちか、近所の人か、親戚《しんせき》かはわからないが、その家では恐《おそ》ろしい病気でだれかが死んだのに、ちっとも気にかけてはいないようすだ。

別の面には、たっぷりした白いバイオハザード防護服《ぼうごふく》を着て、ひじまである青い手袋《てぶくろ》をはめた保健師《ほけんし》たちが、布《ぬの》で包んだ遺体《いたい》を担架《たんか》にのせて運んでいる写真ものっていた。ヤシの木々のあいだには、急いで掘《ほ》ったらしい集団墓地《しゅうだんぼち》がいくつも並《なら》んでいる。記者によれば、そこはシエラレオネ東部のコインドゥというところで、エボラ出血熱がとつぜん大流行した場所だという。マケナはハッと息をのんだ。シエラレオネでも大勢《おおぜい》が発病しているとするなら、ギニアの国境を越《こ》えたウィルスは、マングローブやブビンガ（熱帯アフリカ産の常緑広葉樹）などの森を通《とお》り抜《ぬ》けて野火のように広がっているのではないだろうか。その行く手に、両親やメアリおばさんがいるとしたら……。

写真の下には、エボラについての情報《じょうほう》が書いてあった。

エボラ……体内外の出血を引き起こすウィルスによる熱性疾患《ねっせいしっかん》
感染媒体《かんせんばいたい》……コウモリ、類人猿《るいじんえん》、体液《たいえき》
潜伏《せんぷく》期間……感染後、二日か三週間で発症《はっしょう》する
初期症状《しょうじょう》……熱、のどの腫《は》れ、筋肉痛《きんにくつう》、頭痛
致死率《ちしりつ》……五十パーセント

マケナは新聞を投げ捨《なす》てた。電話がかかってきたとき、ママは頭痛がすると言っていたらしい。マケナはふらふらと通りに出ていき、意識《いしき》を失ってたおれかけたところを守衛《しゅえい》さんに助けられた。意識がもどったときは、シャニが額《ひたい》をぬれた布《ぬの》で冷やしてくれていた。

「両親がお留守《るす》で、ずっとがんばってたからね。明日の朝は、ちゃんと帰ってきてくれるといいわね」

♥

シャニは、家にもどるとマケナをソファに寝《ね》かせ、足を高くし、毛布《もうふ》でくるんでくれた。ティン一家が、マケナのために庭でさよならパーティを開き、バーベキューをしてくれることになっていたが、マケナは食欲《しょくよく》もないし気分もすぐれなかった。

「ちょっとは食べないと、元気が出ないわよ」シャニが言った。シャニは、新聞記事のことは知らないが、若《わか》いお客さんをいたわる必要があるのはわかっているのだ。「野菜のケバブができたら、少し持ってくるからね。食べてから、みんなで腰《こし》をおろしてＤＶＤ《ディーブイディー》を見ましょう。好きなのを選んで。そのうち、あっという間に朝になって、ご両親が帰ってくるからね」

マケナは、ティン一家が全員庭に出ていくのを待って毛布をはねのけると、シャニがいつも携帯《けいたい》電話をおいている玄関《げんかん》ホールへと急いだ。費用《ひよう》が高くつくことにも、あとでこまったことになるのも、今はもうかまっていられない。とにかくママに電話をしなくちゃ。両親がその夜の飛行機に乗るかどうかを、きちんとたしかめないと。

呼《よ》び出《だ》し音《おん》が三回鳴ったあと、相手が出た。驚《おどろ》いたことに、うるさい音楽が聞こえてくる。パーティをしているみたいだ。

「ママ?」

電話の向こうから男が大声で笑う声が聞こえた。ちょっとイライラしているみたいだ。

「ママだって?　ちびピキン(英語をもとにした混合語で「子ども」のこと)、ここにはママなんかいねえよ。ここはバーだからな。まちがい電話だな」

マケナは電話を切って、かけ直した。今度は呼び出し音一回で相手が出た。

「言っただろ、ピキン、まちがい電話だ」

今度は、マケナも声が出た。

「まちがい電話じゃない。ちゃんとおぼえてる番号なんです。この電話、どうしたんですか?　ぬすんだんですか?　あたしのママはどこなの?」

「だれに電話してる?」男はクリオ語(シエラレオネの言葉)で言った。「おれが、警察《けいさつ》ざたでも起こしたっていうのか?　おれは三週間分の給料でこれを買ったんだぞ……待て、あんた、どっから電話してる?　ケニアだって?　クワメ、音楽を止めてくれ」

ボブ・マーリーがぷつんと途切《とぎ》れた。笑い声が遠ざかる。電話口にもどってきた男の声の調子は、前とはちがっていた。

「悪いが、この電話はケネマ市場で買ったんだよ、ピキン。あんたのママの電話だって？　気の毒だけど、そこで売ってる電話は、死んだ人の電話なんだ。エボラでやられた人のだよ。あちこちで人が死んでるんだ。もしこれがママの電話だっていうんなら、ママもあの世に行ったってことだな」

「やめて！」マケナの体は凍《こご》えていたし、煮《に》え立《た》ってもいた。「たくさん亡《な》くなったのは気の毒だけど、その人たちは、あたしのママともあたしとも関係ないの。まちがったんです。やっぱり番号がちがってたの」

そのときシャニが電話をとりあげて、マケナをぎゅっとだきしめた。電話は切れた。マケナにはもうわかっていた。あの電話に出るはずの人はもういないのだと。

8　美人のおばさん

「この家よ。うーん……なかなかのところだわね。ヒマワリが植わってるのは気に入ったけど。でもマケナ、また家族と暮《く》らせるんだから」シャニが言った。

マケナは答えなかった。ときには、というよりたいていのときがそうだが、話すのにたいへんな努力がいった。今日もそうだ。

サムソン・チベロは、自分で車を運転すると言《い》い張《は》った。そして、黒い煙《けむり》や土煙を巻《ま》き上《あ》げながら大型トラックが疾走《しっそう》してくるのをやり過《す》ごすと、青いドアのついたピンクの家の前で車を停めた。マケナたちは、干魃《かんばつ》に襲《おそ》われたケニア北部を通ってイシオロまでやってきたのだが、この家にぬってあるペンキも、干魃地帯と同じくらいかさかさにひび割《わ》れていた。

小さな前庭をつくろうとしたらしく、芝生《しばふ》や赤いゼラニウムの花壇《かだん》もあるが、ここしばらくは水をもらってないらしい。金網《かなあみ》の向こうから、二頭のヤギが首を出して芝生を食べようとしている。コンクリートの小道の両わきではヒマワリが風に首をゆらしている。

二度ノックするとドアが勢《いきお》いよくあき、どぎついピンク色のぴっちりしたワンピースを着た女の人があらわれた。その人は赤ちゃんを腰《こし》にだき、目を見張《みは》るような色っぽい魅力《みりょく》を持っていた。そういえばマケナはいつか、ババがママに言っているのをもれ聞いたことがある。血が半分つながっている弟のエドウィンは、いつもごたごたを引き起こしていた、と。でも、イシオロにうつり住んでりっぱな機械工になり、落ち着いたらしい。

そしてエドウィンおじさんは、このあたりいちばんの美人と結婚《けっこん》し、別の種類のごたごたをかかえることになったのだそうだ。

この美人のおばさんは、マケナたちが来ることを忘《わす》れていたみたいだったけど、すぐ思い出したらしく、マニキュアをぬった指でマケナをつかむと、自分の胸《むね》におしつけた。

「まあまあ、かわいそうに。このプリシラがちゃんとお世話しますよ」

マケナはできるだけ早く身を引くと、おばさんの腕《うで》から抜《ぬ》け出《だ》した。赤ちゃんのおむつがぷーんとにおう。

「エドウィンは出かけてるの。修理《しゅうり》工場で急な用事ができたみたいでね。たぶん点火プラグの交換《こうかん》か何かよ」プリシラは、あきれたように手をふった。「男の人ときたら、そういうことしか考えないんだから」

家の中には、もっと子どもがいた。五歳《さい》の男の子と、七歳の女の子だ。子どもたち全員で共有している部屋は、せまい二段《だん》ベッドと赤ちゃんベッドがようやく入るスペースしかない。

「ここにマケナも……?」シャニが、まゆをよせた。

「たいへんだけど、なんとかしますよ」プリシラがためいきをついた。「最初は、この子はソファで寝《ね》るか、うちの娘《むすめ》と同じベッドで足と頭をたがいちがいにして寝るしかないわね。そのうち、神さまの思《おぼ》し召《め》しがあれば、増築《ぞうちく》を完成させるお金が入るでしょうよ」

プリシラは、あいている裏口《うらぐち》のほうへと手を向けた。向こうに軽量ブロックの壁《かべ》が四つできて、上から針金《はりがね》や草がつき出している。

「あとは、しっくいとペンキと屋根があればいいの。そしたらマケナも自分の部屋が持てるわ」

「学校はどうなります？」お茶を飲んでいるときシャニがきいた。「マケナはすでにずいぶん休んでしまってるんです。両親のことがあってもう六週間以上になりますもの……その、いろいろたいへんだったから。なじみの学校に行かせようと思ったんですけど、うまくいかなくて。思い出がありすぎますからね。だから、転校するほうがいいのかもしれませんね。そうでしょう、マケナ？　新しい友だちや新しい先生のほうがいいのかもしれません」

車からおりてからマケナはひと言も話していなかったが、今も何も言わなかった。言ったところでどうなるものでもない。シャニとサムソンは、マケナをこの見知らぬ人たちにあずけて、もうすぐ去っていってしまうのだから。エドウィンおじさんには、何度か会ったことがある。背《せ》が高く、ひょろっとして、やさしそうな人だとは思ったけど、実際《じっさい》にどんな人かは知らない。

聞いた話では、たよりがいはなさそうだ。マケナのママは、「水みたいに弱い人」だとよく言っていた。

シャニは、今、それこそが大事なことだとでもいうように、学校のことを話しつづけていた。

「マケナはとてもかしこくて、才能《さいのう》があるんです。英語と理科では学年で一番をとってたんですよ。マケナの母親は、娘が大学に行くことを願ってました」

「こっちは、養《やしな》う口がふえるだけでたいへんなんですよ」プリシラが話した。「やりくりがたいへんだけど、もちろんマケナのために最善《さいぜん》をつくしますよ。イシオロにはすばらしい学校があって、十八歳《さい》まで学べます。でも、制服《せいふく》を買わなきゃならないし、教科書や、練習帳や、ペンや、靴《くつ》や、帽子《ぼうし》や、体操着《たいそうぎ》や、テニスのラケットや、運動靴《うんどうぐつ》や、水着や、ネットボールや……いろいろいろいろいろ買わなきゃならないんでね。いつか運がめぐってきたら、そこに行かせましょう。それまでは、この地域《ちいき》の学校に行くしかないわね。全学年で二人しか先生がいないけど、しかたがないでしょ」

サムソンが、咳《せき》ばらいをしてから口をはさんだ。

「その点はご心配なく。個人的《こじんてき》にではなく、〈新赤道ツアー〉社が援助《えんじょ》させていただきます。わたしたちは、マケナの父親を失って悲嘆《ひたん》にくれているんです。彼《かれ》は、社でもいちばんの山岳《さんがく》ガイドでしたからね。だから、マケナの助けになりたくて、チャリティーオークションをおこなったんですが、たくさん寄付《きふ》が集まったんですよ。小切手でおわたししようと思ってたんですが、おたくの銀行との取り決めがどうなっているかわからなかったもんですから」

それから、上着のポケットをたたくと、また話をつづけた。

「それで、現金《げんきん》で持ってきました。そのすばらしい学校の一年分の授業料《じゅぎょうりょう》と、さっきおっしゃってたさまざまな必要品を買うだけの分はあると思いますよ。制服《せいふく》やら何やらね。マケナの部屋をつくるためのペンキや屋根も買えるかもしれないな。来年は、うちでまた基金《ききん》集めをして、マケナが高校まで終えられるようにしますよ。喜んでそうするつもりなんです」

サムソンは、マケナがこれまでに見たこともないくらい分厚《ぶあつ》いお札《さつ》の束を差し出した。プリシラは、ぱっと笑顔になった。そして札束をブラジャーの中につっこんだので、サムソンは目を丸くした。

「そういうことなら、ずいぶんとちがってきますね。お金がありさえすれば、世界は思いのままになりますもの」

シャニたちは家を出て車へと向かった。マケナのリュックとスーツケースは、さっきサムソンが子ども部屋においてくれている。その中には、マケナの持ちものすべてが入っている。前に住んでいた家からシャニが持ってきてくれた衣類の中には、新品も少しはある。それに、シャンプーや石けんや歯みがきも。リーは、自分のおこづかいで新しい本を三冊《さつ》買ってプレゼントしてくれた。

「マケナが、うちにずっといてくれたらいいんだけど」シャニが言った。「六週間暮《く》らす間に、家族同様になってましたからね。でも、うちには子どもが四人もいて、夫の会社はうまくいってないもんですから」

「心配ご無用。安心してマケナをお任《まか》せくださいな」ブラジャーに幸運をつめこんだプリシラは、満面の笑顔になっていた。

マケナにお別れのハグをするときには、サムソンだけでなくシャニの目にも涙《なみだ》が浮《う》かんでいた。

「何かあったら、連絡《れんらく》してちょうだいね」シャニが言った。

車は走りだしたが、とつぜん停まると、シャニが窓《まど》から顔を出して言った。

「プリシラさん、もう少しで言うのを忘《わす》れるところだったわ。マケナはベジタリアンなの」

「ベジなに？」

「ベジタリアンよ。マケナが食べられるのは、野菜と米と豆と果物とウガリ（トウモロコシとキャッサバの粉を湯でねったケニアの主食）よ。肉はだめなの。チキンやビーフのスープもだめ。マケナは動物が好きだから、食べられないの。魚なら、ときどき食べるけどね」

ほほえみを消した顔でプリシラが言った。

「どうしたらいいか考えましょう。だけど野菜や果物は高いからね。干魃《かんばつ》のせいで、とんでもない値段《ねだん》になってるんですよ」

シャニが、言いたいことをがまんしているのがマケナにはわかった。シャニは、ハンドバッグをあけると、持ちあわせの現金《げんきん》を全部プリシラにわたした。

「これで足りるでしょう？」

「今のところはね」プリシラが満足そうな声を出した。

マケナは、不毛の地にあいた穴《あな》にでも、もぐりこんでしまいたかった。でも、そうはいかないので、無理に笑顔をつくると、シャニとサムソンにさよならと手をふった。すぐに車は土《つち》煙《けむり》に飲みこまれてしまった。

プリシラがマケナの手をとった。長くのばした爪《つめ》がマケナの手のひらに食いこむ。

「さあ、スーツケースの中に何が入っているか見せてちょうだい。自分だけのものにしておくわけにはいかないのよ。この家では、シェアすることになってるの。ここには、お姫《ひめ》さまはいないんだからね。それに、あんたもほかの子と同じように家事を手伝うのよ。赤ちゃんの世話をしたことはある？　ほら、末っ子のおむつを替《か》えてやって」

9　こんなはずじゃなかった

ティン家の居間《いま》には、すばらしい絹《きぬ》のタペストリーがかかっていた。一羽のサギが池のコイをねらっている図柄《ずがら》で、池の水面には、ぎざぎざの山並《やまな》みや、風になびく木々や、ねじれた灌木《かんぼく》が映《うつ》っている。よくよく見ると、葉陰《はかげ》には一頭のトラがひそんでいて、不運なサギに今にも飛びかかろうとしている。

このタペストリーを誇《ほこ》りとも喜びともしているティンさんが、そこにある漢字をマケナに説明してくれたことがある。「来るべき物事は、その前に影《かげ》を落としている、という意味だよ」と。

マケナは、このところ疲《つか》れて、考える余裕《よゆう》もなくなってきてはいたが、ときどき、自分にふりかかった災難《さいなん》も予測ができたのだろうか、と考えるのだった。

もしかしたらケニア山で見た悪夢《あくむ》が、悲運に襲《おそ》われることを前もって教えてくれていたのだろうか。だとすると、マケナは直感に耳をかたむけて、何か恐《おそ》ろしいことが起こるはずだと両親に言うべきだったのかもしれない。

二人が信じなければ、マケナがおなかが痛《いた》くなったふりでもして、予定のフライトに乗れないようにしたほうがよかったのかもしれない。二人がフライトの予約をし直すとしても、あと一日か二日後なら、シエラレオネでもあちこちでエボラが流行し始めていて、マラリアだと診《しん》断《だん》された多くの発熱患者《かんじゃ》が、実はのろわれた病にかかっていたことがわかったのかもしれない。

それでも二人は出かけていっただろうか？

「崇高《すうこう》な理由があって勇敢《ゆうかん》になるのは、すばらしい。崇高な理由というのは、ほかの人を助けたり、正しいことのためにたたかったり、命を救ったり――自分の命もふくめてだよ――ということだ」と、ババは言っていた。

だれかの命を救うために疫病《えきびょう》流行地域《ちいき》に入っていくことは、正しい勇気なのだろうか？それとも、おろかな勇気なのだろうか？　マケナにはわからなかった。たしかに、メアリおばさんを救おうと二人がシエラレオネに行かなければ、おばさんはひとりで苦しんで死んでいっただろう。そんなことはだれにだって起こらないほうがいい。特に、ほかの人を助けるために一生を捧《ささ》げてきたおばさんなら、なおさらだ。

マケナはひとりで暮《く》らしているわけではなかったが、自分はひとりぼっちだと感じていた。たいていの日は、自分は死んだほうがましだと思っていた。死んだら、イシオロのどんよりとした空の下で、ひび割《わ》れたふみ段《だん》に腰《こし》をおろして、足にハエがたかるのを見ているかわりに、ママやババといっしょにいられるだろう。

マケナが上の空でハエを追いはらっても、ハエは五秒もするともどってくる。すると、もうマケナには追いはらう気力が残っていなかった。それでも、ベビーカーの上の虫よけネットは、すきまができないようにのばしてやった。赤ちゃんがぐずると、マケナは自分が小さいときに大好きだった黒人霊歌《れいか》を子守歌がわりに歌ってきかせた。悲しい歌詞《かし》だったが、ママの美しい声が、それを補《おぎな》ってあまりあったことを思い出しながら。

ああ主よ、ときには母のない子のような気がします
わが家を遠く遠く離《はな》れて

歌っているとちゅうでマケナは、今はそれが現実《げんじつ》になっていると思った。アメリカでこの歌を歌った奴隷《どれい》たちが、アフリカでなじんでいたものや愛していたものから遠く引き離されていたのと同じように、マケナも母のない子になって「わが家を遠く遠く離れて」いる。マケナはとちゅうで歌えなくなったが、泣きはしなかった。ほんの短い時間だが、マケナはママの存在《そんざい》を感じ、ママのすばらしい声が聞こえたように思った。マケナは、忘《わす》れるのが恐《おそ》ろしかった。ババの写真は持っている。手に斧《おの》を持って、岸壁《がんぺき》からロープでぶらさがっている笑顔の写真だ。でも、ママについては記憶《きおく》しか持っていない。

赤ちゃんが泣いて、マケナを現実に引きもどした。マケナは、でこぼこ道を見わたした。プリシラは、もう一時間も前に帰ってくると約束していたのに。

ポケットからティッシュをとりだすと、マケナはちんと鼻をかんだ。小さな子どもたちからうつされた風邪《かぜ》がひどくなっている。咳《せき》が止まらないので、夜もよく眠《ねむ》れない。

シエラレオネに電話をした夜から、たった四か月近くしかたっていないなんて、信じられなかった。もっともっと長い時間がたったように思える。終身刑《しゅうしんけい》を受けているみたいな気がする。とても年をとったおばあさんみたいに、ゆっくりとしか時間が過《す》ぎていかない。その間にヒマワリの影《かげ》がまわり、おなかをすかせたり、おむつが気持ち悪くなったりした赤ちゃんがむずかるだけだ。

「すばらしい学校」は、実現《じつげん》しなかった。その話になると、プリシラはいつも「お金が足りないよ」と言うのだった。そして「あんな、はした金じゃね」と、せせら笑うようにつけ加《くわ》えるのだった。

でも、マケナは気づいていた。そのはした金のおかげで、プリシラは、流行のドレスやそれにあうハンドバッグや宝石《ほうせき》を手に入れていることを。プリシラは、一日おきに、黒くかがやく男の人が運転する、黒くかがやく車がやってくると、それを身につけて長いランチに飛び出していった。もどってくると、おしゃれなドレスやネックレスは、ダブルベッドの下の箱の中にしまわれた。

子どもたちが学校から帰ってきたり、夫が仕事から帰ってくるときには、プリシラは、どぎついピンク色のワンピースか、オレンジと白の簡素《かんそ》なチェックのワンピースに着がえていた。

上品そうな黒とクリーム色のスカートと、おそろいのクリーム色の帽子《ぼうし》も持っていたが、それは日曜日に、「炎《ほのお》の王国」教会に家族と行くときの服だった。

マケナも一度だけその教会に行ったことがある。ナイロビでは、両親は教会に熱心に通ってはいなかった。ババが家にいるときに行く教会は、親切な羊飼《ひつじか》いについてひかえめなお説教をし、お茶の時間になると十字が入ったレーズンパンが出るのだった。

「炎の王国」は、規模《きぼ》の点でも感情《かんじょう》の点でもけたはずれだった。礼拝所《れいはいじょ》の入り口にはウガリとシチューを入れた大きななべがおいてあり、もうもうと湯気が上がっていた。この古い倉庫には遠くからも大勢《おおぜい》がやってきて、おしあいへしあいするようにして、大声で祈《いの》ったり歌ったりするのだ。お説教が最高潮《さいこうちょう》に達すると、嵐《あらし》のような愛が会場を満たすように思われた。ちょっとの間マケナもそれにおし流されそうになったが、それから思い直した。もし神さまがほんとうに気にかけてくださっているのなら、両親やメアリおばさんをうばいとってはいかなかったはずだ。マケナはもう二度とその教会に行こうとはしなかった。

どちらにしても子守りが必要なプリシラは、エドウィンおじさんには、マケナは精神的な痛《いた》手《で》が大きくて教会にも学校にも行けないと伝えていた。

「神さまの思《おぼ》し召《め》しでよくなったら、学校に行けばいいのよ。それまでは、しんぼうしないとね。同じ学年を二度やったって、どうってことないし」

そして、妻《つま》のことを、天からさずかった美の女王にしてマザー・テレサのように慈悲《じひ》深《ぶか》いと思いこんでいるエドウィンおじさんは、ただ笑みを浮《う》かべて、あいまいに言うのだった。

「まあ、それが賢明《けんめい》だろうな。そうだな。学校のことは、マケナがよくなったら考えることにしようか」

マケナは期待してもいなかった。プリシラは人間を二つのタイプに分けていた。利用《りよう》できそうな人間と、危険《きけん》な人間だ。シャニや、エドウィンおじさんや、サムソンは、最初のタイプに入る。でも、なぜかはわからないが、マケナは二番目のタイプに分類されていた。

前から反感を持っていたのかもしれない。理科の先生だったマケナの母親とちがい、教育を受けていないプリシラは、勉強を軽蔑《けいべつ》していた。日曜日になると娘《むすめ》を小さな人形のように着かざらせて言うのだった。

「世の中をわたっていくのに必要なのは、美しさやかわいさなんだからね。チャンスは逃《のが》さないようにするんだよ。いい暮《く》らしをしようと思ったら、ぼやぼやしてちゃだめなんだからね」

マケナは、「世の中をわたっていくのに必要なのは、考える力よ」と教えようとしたが、むだだった。この娘は、外見以上にプリシラによく似《に》ていた。マケナがうつってきて一週間もすると、この娘は眠《ねむ》ったふりをしながら、同じベッドで寝《ね》ているマケナを二度もけとばした。

それをきっかけに、マケナはソファに寝場所をうつした。それ以来、マケナはずっとそこで眠り、そばには乳母車《うばぐるま》に寝かされた赤ちゃんがおかれている。余分《よぶん》な毛布《もうふ》はなかったので、夜はボロボロのタオルをかけて寝るしかなかった。ケニア山でババが用意してくれた石の湯たんぽが、どんなになつかしかったことか。でも、前にはあたりまえだったほかのことと同様、快適《かいてき》さは、過去《かこ》のものでしかなかった。

その午後、プリシラは約束より二時間半もおそく、タクシーで帰ってきた。口をすぼめ、小道をよろよろと歩いてくるプリシラを、マケナはカーテンの陰《かげ》からおそるおそるのぞいていた。片方《かたほう》の目のマスカラがにじんで目の下が黒くなっている。

家に入ってきてもマケナや赤ちゃんにちらっと目をむけただけで、プリシラはすぐに自分の部屋に入っていき、色あせたオレンジ色のワンピースに着がえて出てきた。化粧《けしょう》を落とした顔は、妙《みょう》に弱々しかった。

プリシラがキッチンで音を立て始めたので、マケナは手伝おうと飛んでいった。料理を手伝えば、何もかかっていないウガリをもらうチャンスができる。そうでないと、プリシラは、すぐにチキンかヤギのシチューをウガリにかけて、いやがらせをする。それを食べれば、マケナの胃《い》がおかしくなるのは、わかっているのに。

〈すばらしい学校〉と同じで、ベジタリアンの食事も、実現《じつげん》することはなかった。お昼は、エドウィンおじさんは修理《しゅうり》工場で食べるし、子どもたちは学校で食べるし、プリシラはどこかで食べてくるので、夕食はたいていちょっとした肉料理か、骨《ほね》と豆の煮物《にもの》だった。プリシラが満足な午後を過《す》ごしたときは、カボチャかスクマウィキ（ケールの葉）を買って帰り、トマトや玉ねぎに、多くのケニア人が好きな香辛料《こうしんりょう》のムチュージ・ミックスを加《くわ》えて料理をつくったが、それはほんのたまのことだった。

その日は、プリシラが冷蔵庫《れいぞうこ》からスクマウィキをとりだしたので、マケナは期待した。緑の野菜からビタミンC《シー》をとれば、風邪《かぜ》もよくなるかもしれない。でも、マケナがキッチンに行ってみると、スクマウィキは血の海につかっていた。なんの肉かはわからないが、大きな肉のかたまりがあって、そこからぽたぽたと血が垂《た》れているのだ。

マケナはもう、あきらめて何も感じないようにしていたのだが、このときはぐっとこみあげるものがあって、がまんできなかった。自分でもあわれなほど、おなかがすいてもいた。

マケナは血まみれの葉っぱをひっつかむと、声を張《は》りあげた。

「どうして、こんなことをするの？　あたしが食べられなくなるって、わかってるのに。どうしてそんなに、あたしをきらうの？　もううんざり。無給のベビーシッターやメイドをするのは、もういや。野菜が食べたいし、学校へも行きたいの。いい学校へね。そのためのお金はサムソンおじさんがわたしてたでしょ。もし行かせてくれないなら、サムソンおじさんに電話をして、おばさんがお金をぬすんだって言うわよ。エドウィンおじさんにも……」

それ以上は言えなかった。プリシラにぶたれて、キッチンの向こう側までふっとんだからだ。マケナは冷蔵庫にぶつかって取っ手で頬《ほお》を切った。ほかの子どもたちが学校から帰ってきた。男の子は、この光景を見て泣きだし、女の子は口をぽかんとあけたまま立ち止まった。

プリシラが金切り声で言った。

「こんなにしてやってるのに、恩知《おんし》らずなガキだね。おまえのことなんかほとんど知らないのに、住まわせてやってるんだ。うちの家族にとっちゃ、おまえなんかなんの意味もないんだよ。それでも、頭の上には屋根があり、テーブルには食べ物が出てきて、そのうち最高の学校にも行かせてもらうはずなんだろ。そのお礼が、このおどしかい？　自分より力の強い者にケンカをふっかけるんじゃないよ」

プリシラは、マケナを見おろしていた。肉切り包丁《ぼうちょう》をにぎったままで。包丁からは血が垂れている。

「ここに来ても、お嬢《じょう》さまでいようと思ってたのかい？　うちがたいへんなのはわかるだろう？　宿代もただ、水も電気もただで、そのうえに、おまえだけのベジなんとかの食事まで出してもらおうってのかい？　まるで王族みたいにかい？　しかも、毒へビみたいな態度《たいど》じゃないか。両親が亡《な》くなったことは気の毒に思ってるよ。でも、そういう境遇《きょうぐう》にいるのは、おまえだけじゃないんだ。ケニアには、孤児《こじ》は一万人もいるんだよ。ときには、おまえも両親といっしょに自動車事故《じこ》で亡くなったほうがよかったと思ったりするよ」

両親が亡くなってから一か月の間、マケナはさんざんに泣《な》き暮《く》らした。今はもう涙《なみだ》はかれ果てて、胸《むね》の中にぽかんと空洞《くうどう》があいているばかりだったのが、プリシラの言葉を聞くと、また恐怖《きょうふ》の涙がこぼれた。

マケナは立ち上がると、言った。

「何言ってるの？　ババとママは、交通事故《じこ》で死んだんじゃないのに。エボラで死んだのよ」

それを聞いたとたん、プリシラはとびのき、カウンターにおいてあったお皿にぶつかった。お皿が落ちて割《わ》れ、陶器《とうき》の破片《はへん》がマケナの足にささった。

プリシラは、被害《ひがい》には目もくれず、手で口をおおった。

「エボラ？　エボラだって！　エドウィンはそんなこと……知らなかったよ……なんてこった。たいへんだ……しかも、この三日間、おまえは咳《せき》やくしゃみをしてたじゃないか。おまえは、あの病気を、あののろいを、この家に持ちこんだんだね。おまけに、わたしの赤ちゃんのそばにいただなんて」

マケナはずりずりとあとずさった。恐怖《きょうふ》とショックで体がふるえていた。

「ちがう、ちがう。これはただの風邪《かぜ》よ。あたしはあっちに行ってないんだから」

「出ていきな！」プリシラがどなった。

そして、乳母車《うばぐるま》から赤ちゃんをだき上げ、泣いている子どもたちをメンドリみたいにそばに集めると、また言った。

「出ていきな！　もどってくるんじゃないよ！」

マケナがよろよろと庭に出ると、ドアが閉《し》まり、錠《じょう》がかかる音が聞こえた。

10
罪《つみ》のないウソ

その日、仕事からもどってきたエドウィンおじさんは、家の外の芝生《しばふ》でぶるぶるふるえながら、ひざをかかえてうずくまっているマケナを見つけた。ほっぺたが腫《は》れて、血もこびりついている。

「だれにやられたんだ？」

「転んだの」

最初は、それ以上聞き出せなかったのだが、何度もたずねるうちに、エドウィンおじさんは、だいたいのことを聞き出すことができた。柄《がら》になくはげしい怒《いか》りに襲《おそ》われ、マケナをだき上げると、トラックまで連れていき、自分の上着をかけてやってから言った。

「ここにいなさい。何があっても動くんじゃないよ」

やがて家の中からは、これまで聞いたこともないような、はでな夫婦《ふうふ》げんかが聞こえてきた。マケナはトラックの座席《ざせき》の前にしゃがんで両手で耳をふさいでいたが、窓《まど》を閉《し》めていてもおじさんたちの怒鳴《どな》り声《ごえ》は聞こえてくるのだった。そのうちに近所の人たちがようすを見に出てきたので、マケナは身をかがめた。

おじさんが、こう言う声も聞こえた。

「マケナを責《せ》めるなよ。まだ子どもなんだ。まちがったことを言ったのはわたしだ。よかれと思ってのことだ。兄と義理《ぎり》の妹がのろわれた病で死んだと言えば、おまえはあの子を受け入れないと思ったからだよ。罪《つみ》のないウソじゃないか」

自分が過《あやま》ちを認《みと》めれば、妻《つま》が落ち着くと思ったのだとしたら、おじさんは判断《はんだん》をあやまったことになる。プリシラは、そのウソで自分も子どもたちも、いとしい赤ちゃんまで危険《きけん》にさらされたじゃないかと、かん高い声で言いつのった。

「あの子はもう何日もくしゃみや咳《せき》をして、死にいたる病原菌《びょうげんきん》を家じゅうにまき散らしていたじゃないの！　もう今は、ウィルスが血管《けっかん》の中で悪さをし始めているかもしれないのよ！これって自分たちの墓穴《はかあな》を掘《ほ》ったようなもんでしょ」

「バカなことを言うんじゃないよ。マケナはシエラレオネに行ってないんだよ。親と離《はな》れてこっちで留守番《るすばん》してたんだ。エボラにかかるはずがないだろう？」と、エドウィンおじさんはうんざりしたような声で言った。

「行かなかったって、どうしてわかるの？　あんた、いっしょにいなかったのに？　証拠《しょうこ》でもあるの？　病原菌は、眠《ねむ》っているクモみたいに、何か月もひそんでいることがあるのよ。あんたの言うことなんか、あてにならないわ。それが罪のないウソか、罪のあるウソか、あたしには知りようがないもの」

エドウィンおじさんは、嘆願《たんがん》したり、おだてたりした。それで満足するなら、マケナを病院に連れていって検査《けんさ》をし、証明書をもらってくるとさえ言った。ウソをついたのは悪かったが、マケナがこれからもいっしょに暮《く》らすための方法が見つかるはずだとも、おじさんは言った。マケナはひとりぼっちだし、ほかに行き場所もないのだから、と。

エドウィンおじさんが何を言おうと、プリシラはかたくなだった。

「あの子は、ナイロビに裕福《ゆうふく》な友だちがいるじゃないの。あの子をとるか、あたしをとるか、どっちかにして」

その後、家の中はしばらく静かになった。ようやくトラックのドアがあいたときには、エドウィンおじさんはまるで若《わか》さをすっかり吸《す》いとられでもしたように背中《せなか》を丸め、げっそりしていた。マケナに手を貸《か》して座席《ざせき》にすわらせると、おじさんはマケナのリュックを足もとにおいた。しばらくは、話す気にもなれないみたいだったが、やがて話しだした。

「ごめんよ。プリシラはすばらしい女性《じょせい》なんだが、子どもたちのこととなると雌《めす》ライオンみたいになるんだ。子どもたちを思うあまり、こわいんだ。ここいらの多くの人は、知識《ちしき》がない。エボラについては迷信《めいしん》も広まってる。そのせいでプリシラは恐怖《きょうふ》にかられてるんだ。エボラにかかれば数日で死ぬ可能性《かのうせい》があるのは、きみもよく知ってるだろう。ウィルスにやられなかった人は、のろわれてるか魔女《まじょ》だと信じている人もいる。プリシラは、エボラを生きのびた子がうちにいることが近所の人に知れたら、わたしたちがこの地域《ちいき》に住めなくなると、心配してるんだ。わたしだって仕事を失うかもしれないと言うんだよ。きみは、両親といっしょにシエラレオネに行ったわけじゃないんだから、ばかげた話なんだが、ここいらの人はわかってないからね」

エドウィンおじさんは、そう言ったあとで、ためらいがちにきいた。

「で、きみのナイロビにいる友だちのことだが、いい人たちなのかい？　大事にしてくれるのかい？」

マケナはうなずいた。話の先は見えている。

「その人たちは、どうなんだろうね……？」

期待しているのが、見え見えだ。

「ええ、あたしを受け入れてくれると思うわ」おじさんの期待どおりにマケナは答えた。「ナイロビに行ければ、だけど……」

ホッとしたエドウィンおじさんの顔を見て、マケナはまた泣きたくなった。

「だいじょうぶだよ。うちのドライバーのひとりが、明日の朝、ナイロビに部品をとりに行くんだ。そいつは信用できるから、心配いらない。わたしがそのドライバーに、きみを友だちのところまで連れていってくれるようにたのむよ。今夜はそのドライバーの家で泊《と》めてもらったほうがいいだろうな。おかみさんが面倒《めんどう》をみてくれるし、きみにとっても朝四時の出発が楽になる。ほかに、家の中から持ってきてほしいものがあるかい？　ほかにも持ち物が何かあったかい？」

バックパックが足もとにある。来たときには、中身がいっぱいつまったスーツケースも持っていたのだ。その中身を、プリシラと女の子があさったことを思い出して、マケナは身ぶるいした。衣類の中には売りはらわれたのもあるらしい。ジーンズと、シャニが買ってくれたケニア山の黄色いティーシャツを着た女の子を見かけたこともある。マケナのジーンズは行方不明だったし、そのティーシャツはマケナのものにちがいなかった。一度だけ着たときについた小さなインクのしみが、そのティーシャツにもついていたからだ。

「ほしいものは、ないです」

マケナが答えると、おじさんはエンジンをかけながら言った。

「だったら出発しよう。おなかがすいたときのために、パンとオレンジを二個《こ》、リュックに入れといたから、食べてくれ」

トラックの中を、エドウィンおじさんの悲しみが霧《きり》のように満たしていた。

「マケナ、こんなに早くいなくなるなんてな。マケナがいてくれると、毎日わたしも兄さんを感じられたのに。きみを見て、兄さんのいいところを思い出してたんだ。たくましくなるんだぞ。いいかい、夜がどんなに長くても、必ず夜明けが来るってことを忘《わす》れるなよ」

11 ゴミと怪物《かいぶつ》

「停めて！　そこの左側。ジャカランダの木があるところです」

ナイロビまで四時間かかるドライブの間、マケナは眠《ねむ》ろうとしていた。ほっぺたはまだ痛《いた》かったが、腫《は》れはだいぶんおさまってきている。ドライバーの妻《つま》が、プリシラの悪口をぶつぶつつぶやきながら、氷で冷やしてくれたのだ。それに、苦い味の風邪薬《かぜぐすり》もつくってくれた。その薬に何が入っていたのかは知らないが、風邪もひと晩《ばん》でずいぶんよくなった。とはいえ、頭が胴体《どうたい》から切《き》り離《はな》されてしまったような感覚はまだ抜《ぬ》けなかった。トラックのドアによりかかっている、やせて、うちひしがれたマケナを、とても高いところからもうひとりのマケナが見ているような気がするのだ。

さっきまでは、ティンさんたちのところに転がりこむしかないと思っていた。あの人たちなら、マケナを拒絶《きょぜつ》することはない。でも、ゆうべの悲惨《ひさん》な体験を思い返しているうちに、ドライバーが近道をして、マケナが前に住んでいた通りを走っていることに気づいた。あの家が近づいてくる。ママとババに行ってらっしゃいのキスをしたとき以来、目にしていなかった家だ。

もう何か月もの間、停止していたみたいな心臓《しんぞう》が、急にドキドキし始めた。マケナが活気をとりもどしたので、ドライバーは驚《おどろ》いた。

「停めて！　そこの左側。ジャカランダの木があるところです」

ドライバーはとまどっていた。トラックを停めて、手帳を見る。

「きみのおじさんから聞いてるのは、この住所じゃないよ。近所まで来てるのはたしかだけどな。道路のようすしだいだけど、あと五分か十分はかかるはずだ」

「あたし、自分の家くらいわかってます」マケナはそう言ってみた。

案のじょう、ドライバーはマケナのくわしい状況《じょうきょう》も、急いで出発する理由も、おじさんから聞いていなかった。

「そりゃ知ってるだろうけど、きみが無事に到着《とうちゃく》したかどうかをたしかめないと。エドウィンに約束したからな。きみは子どもだし、大都会には泥棒《どろぼう》やらなんやら……ああっ！　じっとしてなさい。もっと安全な場所に停めるから」

しかしマケナはドアをあけると、トラックから飛びおりた。そして前に出ると、ちょうど家からスーツ姿《すがた》の男の人があらわれた。

トラックのドライバーはあわてて言った。

「待ちなさい！　ひとりで道路をわたるんじゃない。わたしもいっしょに行って……」

「だいじょうぶです」

マケナはそう言うと、まるでなつかしい人に会ったみたいに、男の人に向かって手をふった。男の人が、ふたしかなようすで片手《かたて》を上げた。

マケナは、運転席から身を乗り出しているドライバーをふり返って言った。

「ほら、あたしをむかえに出てきたのよ。乗せてくれて、ありがとうございました。ゆうべは、お二人にお世話になりました。風邪《かぜ》の薬をありがとうって、おくさんに伝えてください。よく効《き》きました」

マケナが門まで行くと、出てきた人が、ビジネスマンみたいなかっこうをしているのがわかった。

「前に会ったことがあるかな?」マケナの背後《はいご》でトラックのエンジンがかかるのを聞きながら、ビジネスマンはきいた。「娘《むすめ》の友だちだったたっけ?」

マケナは答えることができなかった。最後に両親を見た場所に立つと、過去《かこ》の思い出がどっとおしよせてきたからだ。ババの声が、頭の中でこだまする。

「それではそれでは、行ってきます」

「それではそれでは、行ってらっしゃい」と答えるマケナは笑っていた。

あのころのマケナはのんきで、それがもどらない旅になってしまうことなど知るよしもなかった。

マケナのひざががくっとくずれて、泥《どろ》だらけの歩道にぺたんとすわった。ビジネスマンはカバンをおろすと、門をあけ、水を持ってくるようにと大声でだれかに言った。

「ぐあいが悪いのかい？　お医者さんを呼《よ》ぼうか？　それともご家族のほうがいいかな？」

男の人は、スーツのポケットから携帯《けいたい》をとりだすと、たずねた。

「お母さんの電話番号は？」

マケナは吐《は》きそうだった。来るんじゃなかった。

「あ、あたしは、前にここに住んでたんです。この家に家族と暮《く》らしてました。でも、両親が亡《な》くなったんです」

男の人は気まずそうな顔になって、携帯をしまうと、言った。

「そうか。聞いてるよ。気の毒だったな。だけど、どうしてここに？」

男の人の妻《つま》が、水のペットボトルを持って走ってきた。きちんとした身なりで、香水《こうすい》もつけている。仕事をバリバリやっている女性《じょせい》らしく、張《は》りのある表情《ひょうじょう》をしている。男の人が何かつぶやくと、その人はハッと息をのんだ。

「あとはまかせてもいいかな？　会議に間にあわなくなるんだ」男の人が小声できいた。それから、返事も待たずに車で出ていってしまった。

女の人はやさしかった。マケナの前にしゃがむと、マケナの手をとってきいた。

「中に入る？」

マケナは、首を横にふった。

「だったら、何をしてあげられるかしら？」そう言いながら女の人は通りを見わたした。「だれかに連れてきてもらったの？」

マケナは、そでで目をふくと、答えた。

「ここにおいてったものがあるんです。家主さんは、何もかも売りはらったそうですけど。ママの友だちのシャニから、そう聞きました。家具も、おなべやお皿も、絵も……」

「ほら、深呼吸《しんこきゅう》して。落ち着いて話して」

「家主さんが、や、家賃《やちん》がわりに、絵も、な、何もかも売りはらったって。あたしの服は何枚《まい》かシャニが持ってきてくれました。ききたいのは、あたしのベッドのわきのテーブルにおいてあったものが、まだあるかどうか、なんです。お金にはならないけど、あたしにとっては特別なものなので。両親の形見はそれしかないんです」

女の人は身がまえた。

「あのね、わたしたちが引《ひ》っ越《こ》してきたとき、家の中はめちゃくちゃだったの。あの家主はとんでもない人よ。手付け金をとったのに、わたしたちが荷物を持って引っ越してきたときには、そうじさえまったくしてなかったんですもの。小さな寝室《しんしつ》には、ゴミを入れた箱もそのままおいてあった。中を見たけど、おもちゃはなかったわ。枝《えだ》や土や水が入ったビンなんかのゴミだけだった。うんざりして、みんな捨《す》てちゃったのよ」

マケナはしゃくりあげたが、涙《なみだ》は出てこなかった。この先は、もう何も感じられなくなるような気がする。感じる必要もないのかもしれない。愛していたものが、すべてうばわれてしまったのだから。

「それは、ゴミじゃなかったんです。ババからもらった貴重《きちょう》なものだったんです。ヒョウの形の流木と、火山の灰《はい》と、溶《と》けた雪だったんです」

それを聞くと、女の人は、自分も泣きそうな顔になった。

「ごめんなさい。ほんとにごめんなさい。知らなかったもんだから。今聞いて、胸《むね》が張《は》り裂《さ》けそうよ」

それから女の人は、ぱっと明るい顔になった。

「待って。思い出したわ。一つだけ、とっといたものがあるの」

家がどんなふうに変わったかを見たくはなかったが、マケナは、あけはなした玄関《げんかん》に思わず近づいていた。両親が借りていたころのこの家は、手づくりのクッションや、ろうけつ染《ぞ》めの布《ぬの》や、使いこまれた居心地《いごこち》のいい家具がおかれた、楽しい場所だった。ママが余裕《よゆう》があると買う古本の山が、コーヒーテーブルや勉強机《づくえ》の上にいくつもできて、その数もふえていった。ラジオはいつもつけてあって、ファレル・ウィリアムズ（アメリカの歌手、デザイナー）の曲がかかると、家族で手をたたきながら踊《おど》った。そして歌詞《かし》にあるとおり「ハッピネス　イズ　ア　トゥルース（幸せは真実）」だと思っていた。

今、家の中は静まりかえっていた。見えるところに本はない。整頓《せいとん》されたリビングにあるものはどれも、しゃれていて値段《ねだん》も高そうだ。それに、何もかもデザインが統一《とういつ》されている。マケナが家族と過《す》ごした暮《く》らしは、きれいに消去されていた。

女の人が、額《がく》に入った写真をかかえてもどってきた。落とされたことがあるらしく、ガラスにひびが入っていたが、マケナは気にしなかった。結婚式《けっこんしき》の日に両親が笑っている写真は、マケナにとってアフリカにあるすべての黄金より価値《かち》のあるものだ。マケナは、ひんやりした額の細い縁《ふち》を、傷《きず》のあるほっぺたにあてて、思い出から力をもらおうとした。

「ありがとう」しぼりだすように、マケナは言った。

女の人の声は、とぎれがちだった。

「どういたしまして。とっておいてよかった。すてきな写真だから、捨《す》ててはいけないような気がしたの」

それから女の人は、腕時計《うでどけい》を見て、チッと舌打《したう》ちしそうになり、あわてて言った。

「悪いけど、もう仕事に行かないと。ここまでだれに連れてきてもらったの？　だれかがまたむかえに来てくれるの？」

マケナは通りのほうに手をのばした。ウソはつきたくないが、監視《かんし》されたくもない。

「そろそろなんです」

「いっしょに待っててあげたほうがいいかしら。このあたりには、変な人もたくさんいるのよ」

「ハクナマタタ。あたし、ずっとここに住んでたんです。変な人が来たら、知りあいの近所の人を呼《よ》ぶからだいじょうぶです」

「ほんとに？　だったら、わたしは出かけるけど」

女の人はさいふからコインをいくつか出すと、マケナの手におしつけた。

「これ、とっといてちょうだい。アイスクリームかお菓子《かし》か、なんでもいいから、あなたが笑顔になれるようなものを買ってね」

♥

通りに出ると、マケナはこわれた額をゴミ箱に捨て、ババが氷の壁《かべ》を登っている写真が入った小さなクリアファイルに、両親の結婚式の写真も差しこみ、登山用のズボンのポケットにつっこんだ。

マケナは歩き始めた。北部の静かな地域《ちいき》から来ると、ナイロビのラッシュアワーは最悪に思えた。まるで無数のオンチの演奏家《えんそうか》からなるブラスバンドがパレードしているみたいだ。マケナがティンさんの家に着くころには、ゾウが胸《むね》の上にのしかかっているだけでなく、マケナをこなごなにおしつぶそうとしているみたいな気がした。

シャニがドアをあけて、また来たかとうんざりするのではないかと思うと、それだけで気が滅入《めい》る。シャニとママは、職場《しょくば》のいい同僚《どうりょう》ではあったが、親友というわけではなかった。マケナがティンさんたちのところに身をよせたのは、マケナとリーが友だちだったことと、短い期間ではほかにだれも世話をしてくれる人が見つからなかったからだ。

シャニはすでに期待以上のことをしてくれた。もしマケナがまたティンさんのところにやっかいになるとすると、お金やスペースのことで、一悶着《ひともんちゃく》起きるかもしれない。マケナが親戚《しんせき》のところに行く前だって、夫婦《ふうふ》の間に口げんかがふえてきていたのだから。

役所がかかわってくる危険性《きけんせい》もある。役人が、よかれと思ってマケナを施設《しせつ》に保護《ほご》するかもしれないし、プリシラとエドウィンおじさんのところに送り返す可能性《かのうせい》だってある。

それでもマケナが勇気をふりしぼって家に近づこうとしたとき、シャニが子どもたちを連れて外に出てきた。リーとレオは学校の制服《せいふく》をきちんとおしゃれに着ている。リーは本を持ったまま車のほうへスキップしていく。

マケナは、木陰《こかげ》にさっと身をかくした。そして車が走り去るのを見送った。あの人たちは、できるかぎりのことをもうしてくれている。やっぱりこれ以上、面倒《めんどう》をかけるわけにはいかない。

♥

マケナは、心の痛《いた》みをかかえ、ひとりぼっちでぼうっとしたまま、あてどなく歩いていた。

汗《あせ》くさい労働者や行商人の波にのみこまれたマケナは、何か大きなものにかくまわれているような気がした。プリシラの家では、マケナはまったくの孤独《こどく》だったが、ナイロビでは人も車も数が多い。自動車も、マタトゥも、自転車も、やたらに警笛《けいてき》を鳴らすが、二十人もの人といっしょに道路をわたれば、マケナがひかれることはない。

ここでは、だれもがどこかへ行こうとしている。マケナもどこかに向かっているふりができる。しばらくの間、マケナはある家族についていき、自分にも家族がいるという空想《くうそう》を楽しんでいた。そのうちにその家族の子どもたちがマケナをじろじろ見たり、指さしたりするようになった。母親のあわれむような眼差《まなざ》しから逃《のが》れようとして、マケナはもう少しでロバのひく荷車にぶつかりそうになった。

そこは、道路わきの市場だった。ビリヤニ（スパイスライス）やチャパティ（薄焼きのパン）をつくっているところからあがる煙《けむり》で、あたりが青くかすんでいる。すじが目立つ牛肉もあるし、焦《こ》げた焼きトウモロコシも売っている。マケナは服をぶらさげたラックの下をかいくぐり、カボチャの葉の山と、みずみずしいマンゴーを入れたボウルの間を通《とお》り抜《ぬ》けた。

プラスチックの日よけと中国製《せい》の派手《はで》なピンク色のおもちゃの下から顔を出したマケナが見上げると、ナイロビに嵐《あらし》の雲が迫《せま》ってきていた。雲は、遠くのスラム街から上がる黒い油煙《ゆえん》と混《ま》じりあうところまでもう来ている。マケナの知るかぎり、キベラやマザレのスラムでは、いつも何かが燃《も》えていた。ギャング同士の抗争《こうそう》があったり、電気を違法《いほう》に引いたりするせいで、火事が絶《た》えないのだ。捨《す》てられたゴミが腐敗《ふはい》し、ダンボールやさびた鉄でできた掘《ほ》っ立《た》て小屋が密集《みっしゅう》しているから、火はすぐに勢《いきお》いをまし、何日だって燃《も》えつづけることもある。警察《けいさつ》や消防《しょうぼう》は、マザレにはめったにやってこないし、この界隈《かいわい》で最悪と言われるナイジェリア・ンドゴ地区には絶対《ぜったい》に足をふみ入れない。

マケナの足がひとりでに止まった。〈ブレッシング美容室《びようしつ》〉の入り口の階段《かいだん》の前だった。二階にある美容室を見上げ、マケナはふと思った。この階段をのぼってグロリアの椅子《いす》にすわったら、クンブの氷の滝《たき》やエドマンド・ヒラリーやテンジン・ノルゲイとの日々にもどれるのではないだろうか。そして、マケナが想像上《そうぞうじょう》のクレバスをわたろうとしていると、ママが口をはさむのだ。

――どうしたのよ、マケナ。じっとしてて。椅子の上でそんなにもぞもぞ動いたら、グロリアがちゃんと髪《かみ》を編《あ》めないでしょ――

本から目を上げると、ママがドアによりかかって、いらだちながらも、気づかうような表情《ひょうじょう》でこっちを見ているはずだ。この数か月の間の悪夢《あくむ》は、ほんとうに悪い夢《ゆめ》だったのかも。すべて夢で、そのうち、もとにもどるのかもしれない。

「おや、山ガールじゃないの?」

マケナはびくっとした。

「おぼえてないの?　グロリアの娘《むすめ》のナディラよ。あら、三つ編みはどうしちゃったの?」

マケナは自分の頭にさっと手をやった。おじさんの家にいたとき、ひとりでベビーシッターをしていた暑苦しくてたまらない日に、どうにも切なくなったマケナは、過去《かこ》を思い出させるものをすべて捨《す》てるしかないと思いこんだ。鏡に映《うつ》る自分の顔もいやだった。それで、爪切《つめき》りばさみで、三つ編みのお下げを切り落としたのだ。

秘密《ひみつ》の友だちとの昼食からもどってきたプリシラは、思いがけない反応《はんのう》を示《しめ》した。その顔には、軽蔑《けいべつ》も怒《いか》りも浮《う》かんでいなかった。ネズミの巣のようになったマケナの頭から床《ゆか》に散らばったお下げ髪に目をうつすと、マケナの気持ちをおしはかるような表情をちらっと見せた。しかしすぐにプリシラは、落ちた髪をはき集めると、ゴミ箱に捨てて、機械的な声で言った。

「きちんとしないとね」

プリシラはマケナの髪をくしでとかした。手つきは荒《あら》かったが、とかすことはとかしたのだ。そして言った。

「今度バカなことをしたくなったら、思いとどまりなさいよ。自分を傷《きず》つけるのは、神さまがくださった体をこわすことになるんだからね。もとにもどらないことだってあるし」

プリシラの美しくてもろい甲羅《こうら》の下にも、人間性《にんげんせい》や悲しみがひそんでいることをマケナが垣《かい》間《ま》見たのは、そのときが最初で最後だった。

目の前にいるグロリアの娘が、何か言っている。

「どうしたの、山ガール？　お母さんはどこ？　よかったら上に……」

マケナはかけだして、干《ほ》し豆《まめ》がのった台をたおしてしまった。市場の人や物を避《さ》けながら走っていくと、背中《せなか》からどなり声が追いかけてきた。マケナは、何も感じなくなるまで、そしてだれもいないところまで、ずんずん走っていきたかった。ケニア山までだって。

小さくなりすぎた靴《くつ》で、舗装《ほそう》のはげた通りを走る。肺《はい》にほこりや煙《けむり》が入ってくる。横腹《よこばら》がヒョウの爪《つめ》でひっかかれたみたいに痛《いた》くなると速度をゆるめたが、それでも足を止めなかった。エネルギーを最後の最後まで使い果たしてしまうと、マケナはアイスクリームを買い、三角形の日よけの下にへたりこんだ。そして、ぼんやりと宙《ちゅう》を見つめていた。そのうち影《かげ》が濃《こ》くなり、あたりにもしのびよってきた。

夜が近づくと、風が出てきた。雨宿りのできる場所を探《さが》すには、おそすぎた。ナイロビ特有の土砂《どしゃ》ぶりの嵐《あらし》がやってきた。雷鳴《らいめい》がとどろき、稲妻《いなずま》が光る。たちまちにして道路に泥水《どろみず》の川ができ、ゴミを浮《う》かべて流れていく。

ぴかぴかのショッピングセンターや、パリッとした若《わか》いビジネスマンたちの、おしゃれで近代的なナイロビは、はるかに遠い。あたりはどんどん暗くなっていく。身の安全を考えれば、ここにいてはいけないのだけれど。

びしょぬれで鼻をぐずぐずいわせながら、マケナは自分のいる場所をたしかめようとした。ぎらぎらした目つきの若者が行く手をふさぎ、その仲間がマケナをひやかした。そいつらの手を逃《のが》れて、マケナは裏通《うらどお》りをかけ抜《ぬ》けると、角《かど》を曲がったところで、いきなり大きな木に衝《しょう》突《とつ》した。

するとその木が動いた。

手が一本、にゅっとのびてくると、ゴールキーパーの手袋《てぶくろ》みたいなものがマケナの手首をつかんだ。腕《うで》は、マケナの胴回《どうまわ》りくらいの太さがある。マケナは目を上げた。上へ、上へ、もっと上へ。雨の向こうに見えているものは、いったい何なのだろう？

マケナは悲鳴をあげて、身をふりほどこうとした。嵐の雲の中にかくれた巨人《きょじん》の頭が、稲妻に照らし出される。ぶかっこうな怪物《かいぶつ》のような姿《すがた》が見えた。

「おい、サイコやろう、何してる？」

声がして、さっきの若者たちが近づいてきた。

怪物がそっちに向き直ったとき、マケナは怪物の手をふりほどくと、逃《に》げだした。そのまま必死で走りつづけ、これ以上走れなくなると、足を引きずりながら歩いた。着ているものは、ぐっしょりぬれている。

猛烈《もうれつ》な嵐に、ほとんどの人が雨宿りをしていた。マケナだけは、ぬれそぼったまま歩きつづけていたが、もうこれ以上歩けないと思ったとき、レンガがぼろぼろになった倉庫の裏に産業廃棄物《はいきぶつ》用の大型容器《ようき》がならんでいるのに気づいた。その横に、もう少し小さなゴミ容器が二つおいてある。家庭用のよりは大きいから、あれならなんとかなりそうだ。マケナは、ゴミ容器の一つをつかむと、中身を外へ出した。入っていたのは紙くずがほとんどだったが、前は魚のはらわたでも入れていたらしく、魚くさい。それから、そのゴミ入れをさかさにすると、下からもぐりこんだ。中は、バックパックによりかかってすわっても、高さはじゅうぶんだ。それに、雨にぬれないですむ。プラスチックが割《わ》れていて、そこから外の空気が入ってくるが、それでも魚くささは消えない。マケナは、一枚《まい》しかない替《か》えのティーシャツで、鼻をおおった。

口の中は、エドウィンおじさんの庭のようにからからだった。女の人にもらったペットボトルの水をゴクゴク飲むと、おじさんからもらったオレンジをやわらかくなるまでたたき、てっぺんに穴《あな》をあけて、汁《しる》を飲んだ。おなかはすいていなかった。すいていたとしても、魚くささで食欲《しょくよく》がなくなっていた。

ふしぎなことに、木みたいな怪物男《かいぶつおとこ》と出会ったあとでも、マケナはこわくはなかった。プリシラと暮《く》らしていたときのほうが、もっと神経《しんけい》はすり減《へ》っていた。嵐《あらし》にもめげず、ひとりで何とか夜を過《す》ごす場所を見つけたことが誇《ほこ》らしくもあった。今のところは、これでじゅうぶんだ。あとは、肺炎《はいえん》にならないように、かわいたスウェットシャツに着がえさえすればいい。スウェットシャツには、血がついていた。頬《ほお》を切ったときの血だ。あのときの仕打ちを考えれば、ゴミ容器《ようき》の中にいるほうが、まだましだ。

朝になったら、どうしたらいいかを考えよう。何か思いつくはずだ。今はぼうっとしていて、何がどうなっているのか考えられない。

本当にどうしようもなくなったら、ティンさんのところへ行けばいい。それか、ママがシャニといっしょに教え始めていたインターナショナルスクールに行って、チャリティー精神にうったえれば、奨学金《しょうがくきん》だってもらえるかもしれない。寄宿生《きしゅくせい》になって、無料で教育を受けさせてもらうことだって可能《かのう》かもしれない。

壁《かべ》の前においたゴミ容器の内側に、マケナは背中《せなか》をもたれて目をつむった。そのうちなんとかなるだろう。ちゃんとした家庭に生まれた子どもは、ストリートチルドレンになったり、孤《こ》児院《じいん》に入れられたりしないはずだもの。ちがうかな。孤児院に入っているのは、戦争や飢餓《きが》や病気の犠牲者《ぎせいしゃ》のはずだ。

だけど、あたしだってそのひとりかも、とマケナは思わずにはいられなかった。

マケナは、頭の中でひびく疑《うたが》いの声を聞かないことにした。何か解決策《かいけつさく》があるはずだし、それを思いつけばいいだけなのだから。

雨が、子守歌がわりにゴミ容器をたたいている。

寒くて窮屈《きゅうくつ》だったが、マケナはやがて眠《ねむ》りに落ちていた。

次に気づいたのは、乱暴《らんぼう》に起こされたことだった。ゴミ容器が持ち上げられ、逃《に》げる間もなくスウェットのフードをつかまれ、ゴミ収集車《しゅうしゅうしゃ》に放りこまれそうになる。

「放して！」マケナがさけんだので、収集係の男はぎょっとした。

「目が見えないの？　あたしは、古着じゃなくて人間よ。生きてるのよ！　あたしの屋根を返してよ」

「屋根だと？」朝焼けの空を背負《せお》った男は、頭をかきながら言った。「この容器《ようき》は、おまえの家じゃないぞ。ちゃんと持ち主がいるんだ。とっととマザレに帰りな。どこで眠《ねむ》るかを、ちゃんと考えろ。次は、ゴミといっしょに捨《す》てられるかもしれないんだぞ」

12

スノウ

マケナがママと最後に読んだのは、孤児《こじ》の少年ハリー・ポッターの物語だった。そこには姿《すがた》を消したいときに使う「透明《とうめい》マント」が登場していた。ナイロビだと、そんなものはいらない。お風呂《ふろ》に入らず、洗濯《せんたく》した服に着がえることもなく、二十四時間をストリートで過《す》ごせば、いつの間にかドブネズミとなり、六十万人もいるスラムの住人にまぎれることができる。

砂糖衣《さとうごろも》をのせた菓子《かし》パンを通りの角《かど》で売っていた女の人も、マケナをネズミと呼《よ》んだ。マケナのスウェットに血のしみがついているのを見て、うさんくさいと思ったのだ。

「ぬすんだお金じゃありません」マケナは、ぬれてしわくちゃになったお札《さつ》をいやそうに受けとる女の人をにらんだ。「ママにもらったお金よ。ママは理科の先生なんだから」

そう言うと、ちょっとの間、ママはまだ理科の先生をしていて、授業《じゅぎょう》が終わったらやってくるような気がした。

「ママにもらったお金」というのは、本当だ。最初に六日半マケナをあずかってくれることになったとき、これはシャニにわたすはずだった。でもシャニがどうしても受けとらなかったので、バックパックの底にある貴重品《きちょうひん》入れにかくしておいたのだ。ママがもどってきたら返そうと思っていた。でも、ママはもどってはこなかった。

イシオラに着いたときマケナの持ち物をあさったプリシラは、なぜかこのお金には気づかなかった。マケナはすぐに庭の敷石《しきいし》の下にお金をかくした。そのほうが安全だと思ったからだ。プリシラがマケナを追い出すまで、お金はそこにあった。

今朝《けさ》は順調な始まりとは言えなかった。ゴミとまちがえられたことで、気持ちもなえている。でも、ママが用意したお金が本当に必要なときに役立ちそうだと思うと、元気が出てきた。

最後にちゃんとした食事をとってから、二日が過《す》ぎようとしている。おじさんの家では朝食も昼食もパンとジャムだけだったことを思うと、もっと長い時間が過ぎたことになる。マケナのおなかは、ぺこぺこだった。お金をむだに使いたくはなかったが、何か計画を思いついたとしても、あと一日は路上で暮《く》らさなくてはならないかもしれない。だったら、たっぷり朝ごはんを食べておいたほうがいい。

マケナは、菓子《かし》パン二つ、コカコーラを二缶《かん》、水を一本、バナナを一本、野菜のサンブーサ（あげぎょうざのようなスナック）を二つ買った。

たくさんあって、持ちきれないくらいだ。どこか人に見られないところで、ゆっくり食べよう。

嵐《あらし》の間、やみくもに走ったせいで、マケナは今自分がどこにいるのかわからなくなっていた。

太陽の下で見ると、両親なら「危険《きけん》エリア」と呼《よ》ぶような場所に来ていた。マザレに近すぎて、とても安全とは言えない。ババは、ナイロビで車を走らせるとき、二キロにわたって広がるスラム街をいつも避《さ》けて遠回りしていた。マケナは、このあたりを二度しか通ったことがない。それも、ドアをロックし、窓《まど》も閉《し》めたまま車の中から見ただけだ。

どちらのときも、マケナは落ち着かない気持ちになった。一方では、みすぼらしさを閉《と》じこめた掘《ほ》っ立《た》て小屋がひしめくみじめな光景に、目をうばわれていた。でも、もう一方では、目をそむけたくなっていた。目をそむける気持ちのほうが勝って、アフリカ最大のスラムの一つを車が抜《ぬ》けていく間、マケナはほとんど見ないようにしていた。

今は、歩いて十分くらいの距離《きょり》に、そのスラム街があり、ひとすじの煙《けむり》が、上空の青空まで立ちのぼっているのが見える。

ナイロビの繁華街《はんかがい》までもどるには五キロくらいある。今買った朝ごはんが、そこまで走っていくだけの力をあたえてくれるといいんだけど。マタトゥに乗ってもいいかもしれない。そんなことを考えていると、目の前で一台のマタトゥが規則違反《きそくいはん》のU《ユー》ターンをして歩道に乗り上げ、ピーナツを売っていた女の人とマケナをひきそうになった。ドライバーは、マケナたちがそこにいるのが悪いといわんばかりにクラクションをひびかせ、アクセルをふんで走り去った。リヤウィンドーからは、満員の乗客たちの驚《おどろ》いた顔がのぞいていた。

マケナはすぐに、無謀《むぼう》運転の多いマタトゥに乗るのをあきらめた。足にまめができても歩いたほうが、生きてナイロビまでたどりつけるチャンスがある。生存本能《せいぞんほんのう》が今になって顔を出すなんて、奇妙《きみょう》なことだ。おじさんの家では、死んだほうがましだとしょっちゅう思っていたのに。今は、できるだけ生きていたいと思うようになっている。

マザレの周囲の通りには、汚物《おぶつ》も、音楽も、命も、あふれかえっていた。マケナが腰《こし》をおろせる場所を見つけたときには、サンブーサは冷たくなっていた。静かな裏通《うらどお》りに、今は使われていない露店《ろてん》の屋台がおいてあった。上には、緑色のやぶれた古いビニールシートがかかり、飛ばないように石でおさえてある。

マケナは、人けがなくなるのを待って、屋台の下にもぐりこんだ。屋台の下はきれいで、居《い》心地《ごこち》がよさそうだ。マケナは紙袋《かみぶくろ》を広げ、そこに菓子《かし》パンやサンブーサやバナナやコカコーラを並《なら》べ、さっそく菓子パンにかぶりついた。

「それ、ひとりじめするつもり？　分ける気はないの？」

急に声が聞こえて、マケナはむせそうになった。

陰《かげ》からのぞいているのは、つばの垂《た》れた帽子《ぼうし》をかぶったアルビノの女の子だった。

マケナは、あとずさった。アルビノについて知らなかったからではない。学校の同級生にもアルビノの女の子がいた。その子の両親は、マケナみたいに肌《はだ》の色が黒かったのに、ママの話によれば、いたずらな遺伝子《いでんし》がメラニン色素《しきそ》をつくりだす酵素《こうそ》をブロックしてしまうとアルビノになるのだという。肌はピンク色で、髪《かみ》の毛《け》は白銀色で、目は水色だった。

色がちがうこと以外は、その子はほかの生徒と何も変わらなかった。でも、ほとんどの生徒は、その子を仲間はずれにした。意地悪をする子もいた。ふつうの人間じゃないとか、触《ふ》れると白くなる病気がうつってしまうとかいう迷信《めいしん》を信じて、かかわらないようにしている子もいた。マケナもとなりにすわるのをことわったが、それはその子がアルビノだからではなかった。マケナにとっては、肌の色はどうでもよかった。

「だれかの肌が縞模様《しまもよう》だったり、水玉模様だったり、チョウチョウみたいにカラフルにきらめいていたとしても、そんなことは重要じゃないのよ」ママはいつも言っていた。「肌の内側に何があるかが大事なの。その人は、ほかの人に礼儀《れいぎ》正しくしたり、自分より弱かったり貧《まず》しかったりする人に親切にしてるかしら？　友だちを裏切《うらぎ》ったりしていないかしら？　正しいことのために立ち上がっているかしら？　大事なのは、そういうことよ」

マケナも同じように考えていた。今、屋台の下にいた女の子からあとずさったのは、恥《は》ずかしい記憶《きおく》があったからだ。どう考えてもくだらない理由で、同級生のアルビノの生徒をこばんだ記憶だ。大勢《おおぜい》と同じようにするのが楽だったという、どうしようもない理由で。

マケナは片手《かたて》を差し出して言った。

「あたしはマケナ。朝ごはん、いっしょに食べない？　全部ひとりで食べたら、おなかがパンクしちゃうもん。見てるとほしくなって、おなかの大きさを考えずに買っちゃったのかもね」

女の子はにっと笑うと、マケナの手をにぎった。

「立ち直りが早いね。あんたがどんなことを思ってたかは、本が書けるくらいくわしくわかっちゃった。だけど、慣《な》れてるからだいじょうぶ。あたしはダイアナ。スプリームスの女王と同じ名前よ」

「えっ、だれ？」

「ダイアナ・ロスよ。モータウン・レコードの大物歌手」

朝の頭痛《ずつう》や、ゆううつな月曜日や、空に雲があっても生きていこう、みたいな歌詞《かし》の一部を、その子は澄《す》んだ力強い声で歌った。

「名前は聞いたことあるけど、歌は聞いたことないな」と、マケナはその子にサンブーサと菓《か》子《し》パンとコカコーラの缶《かん》をわたしながら言った。

「なんにも知らないんだね？」

「知ってることはいっぱいあるよ。たぶん、あんたよりね。リアーナ（バルバドス出身の歌手、女優）やフレッシュリーグラウンド（南アフリカのアフロポップバンド）からオリヴァー・ムトゥクジ（ジンバブエのミュージシャン、人権活動家）やワン・ダイレクション（イギリス人とアイルランド人からなるバンド）まで知ってるよ」

「それ、だれ？」

「なんにも知らないんだね、ダイアナ」

マケナがそう言うと、ダイアナはクスクス笑いながら返した。

「友だちになるんなら、あたしのことスノウって呼《よ》んだほうがいいよ。このあたりじゃ、そう言われてるから」

マケナはびっくりした。スノウは雪という意味だ。

「いいの？」

「ダメなはずないよ。雪は、冷たいだけじゃなくて、クールだもん。スラム街の映画館《えいがかん》で一度見たことあるんだ。子どもたちが雪を転がして、雪だるまをつくってた。きれいだったよ」

マザレからちょっとしか離《はな》れていない屋台の下で、知らない子と雪について話してるなんて、現実離《げんじつばな》れしているけど、楽しい。

「あたし、ケニア山の本物の雪を見たことあるの。遠くからだけどね。でも、夜明けの光があたって、ピンク色にかがやいてて、とってもきれいだった。ババは、最後に登ったとき、バティアンの頂上《ちょうじょう》から本物の雪を持ち帰ってくれたんだ。バティアンっていうのは、三つあるうちのいちばん高い頂上のことね。あたしが受けとるころには溶《と》けちゃってたけど、それはどうでもよかったの。だって、想像《そうぞう》してみればいいんだから。そのビンに触《ふ》れると、すぐにバティアン・ピークのてっぺんにいるような気になれたんだ」

この何か月ものあいだ、大好きな山のことを考える余裕《よゆう》がなかったので、今話せることがうれしかった。

うっとりとした顔で食べつづけていたスノウがきいた。

「で、あんたのババはどこにいるの？」

毒薬をあおったみたいに、マケナの胸《むね》がきりきりと痛《いた》んだ。なんとか言葉をしぼりだす。

「ババは……ババとママは、とつぜん亡《な》くなったの。元気にしてたのに、気づいたときには……もう亡くなってた。メアリおばさんも」

「何があったの？」

マケナの頭の中に、プリシラが「エボラ」という言葉を聞いたときのあわてぶりがよみがえった。まるでペストが女の子の姿《すがた》であらわれたみたいな、あわてぶりだった。

「話したくない」マケナは言った。

「そう、ならいいよ。でもさ、マザレでは、どんな悲惨《ひさん》なことだって、めずらしくないんだ。みんなにこにこしてるけどさ。自分には世界で最悪のことが起こったと思って、だれもがここにやってくるんだ。でも、すぐに、みんな真実を知る。で、そのうちこう思うようになる。『最近やってきた人に比《くら》べたら、自分のほうがまだましだ』ってね。南スーダンからやってきた女の子なんか、目の前で両親がめった切りにされたんだって」

「めった切りに？」マケナは、手に持っていた菓子《かし》パンを下においた。もう食べる気がしなかった。

「そう。ひどい話だよね。でも、ひどい話にも上には上があるの。兵士だった子もいるよ。アル・シャバブ（ソマリアの過激派組織）とか、「神の抵抗軍《ていこうぐん》」（ウガンダの反政府武装勢力）とか、ボコ・ハラム（ナイジェリアの過激派組織）から逃《に》げてきた子たちなんだけど、まだ小さいのにふるえてて、自分の名前さえ思い出せなくなってるの。年とった人みたいにね。自分たちが見たりしたりした恐《おそ》ろしいことを、頭からふりはらうことができなくなってるんだ」

スノウはコーラの缶《かん》をあけて、ズズーッとすると言葉をつづけた。

「ききんや戦争で逃げてきた人もいるし、ヘビにかまれたり、マラリアのせいで孤児《こじ》になった子もいる。ありとあらゆる種類の人がいるんだ。シエラレオネから来たエボラの孤児も、数がふえてる」

「その、エボラなの。エボラが、あたしのママとババを殺したの」マケナは思わず言った。

スノウは、命をうばう細菌《さいきん》のことを、悪天候《あくてんこう》か何かについて話すみたいに言った。

「人生ってそんなもんだよ。ときには、思いがけずいやなことも起こる。だから、そのうめあわせをするために、毎日少なくとも三回は魔法《まほう》の瞬間《しゅんかん》があるんだよ」

「そうなの？」

マケナは半信半疑《はんしんはんぎ》だった。孤児になってからの四か月、魔法の時間があったことなんて一つも思い出せなかった。自分よりもっと悲惨な子どもたちが何千人もいると聞いたところで、なぐさめにはならない。自分の傷《きず》がまだヒリヒリ痛いからだ。

「魔法の瞬間が三つって、どうして？　なぜ二つとか二十とかじゃないの？」

スノウは指を折って数えた。

「まず、日の出と日の入り。これで二つね。マザレで、おなかがぺこぺこで不安なまま目をさまして、スラム街から死ぬまで抜《ぬ》け出《だ》せないから生きてても しょうがないと思ったとしても、空を見上げさえすればいいの。お日さまは、マザレ・バレーだろうと、アメリカの金色にかがやく摩天楼《まてんろう》だろうと、同じように照らしてくれるのよ。お日さまはいつも、いちばんすてきな服を着て顔を出すの。ハッとするほどすてきな日の出が見られることもあるし、どの朝もほかの朝とはちがうのがいいでしょ。『毎朝が新たな始まりだと思って顔を出すのだから、あなたたちもそうしなさい』って言ってるみたいにね」

「じゃあ、三つ目は？」マケナがたずねた。

「探《さが》せば、いつでも見つかるもの。四つ目だって五つ目だって、二十個《こ》めだって同じ。ほら、今だって、あたしにとっては魔法《まほう》の瞬間《しゅんかん》よ」

それを聞いて、マケナは自分にとってもそうだと思ってハッとした。

♥♥

お昼までに、スノウはマケナの一部始終を聞きこんでいた。マケナのほうは、まだスノウのことをほとんど知らなかったが、思いきってたずねる勇気が出なかった。でも、どっちが歌の歌詞《かし》をたくさん知っているかを競いあっているとき、とつぜんスノウが言った。

「あたしのこと、どうしたのかって思ってるでしょ？　どうしてここまで流れ着いたのかって？」

「話したくなったら話せばいいよ。急がないから」

本当の気持ちだ。マケナは、ひさしぶりに心をゆるせる友だちに出会ったので、ナイロビの繁華街《はんかがい》まで暑い道を歩いていくより、この屋台の下のふしぎな緑の場所にもう少しいたいという気になっていた。

それでも、スノウが話し始めると、注文をつけた。

「いちばん最初から話してよね」

けれどスノウは、助産師《じょさんし》のお母さんが故郷《こきょう》に十二歳《さい》のスノウを連れていったときのことから話し始めた。お母さんの故郷というのは、タンザニアの湖沼《こしょう》地帯にあるスンバワンガというところだ。

それは一年前の選挙《せんきょ》の時期だった。タンザニアでは、アルビノの人がアンテロープのように狩《か》られて、殺されたり、体の一部を切りとられたりするという事件《じけん》が毎日のように報道《ほうどう》されていた。呪術師《じゅじゅつし》やその弟子や、あるいは呪術を依頼《いらい》した人にわたすためだ。権力を手に入れたい政治家や役人は、アルビノの体の一部を手に入れると、幸運や富《とみ》に恵《めぐ》まれると信じていた。

それればかりではない。漁師《りょうし》もアルビノを誘拐《ゆうかい》して、髪《かみ》の毛《け》を漁網《ぎょもう》に編《あ》みこむと、大漁が期待できると信じていた。鉱山《こうざん》で働く者たちも、アルビノの骨《ほね》をすりつぶしてうめれば、それがダイヤモンドに変わると思っていた。

「母さんは町の診療所《しんりょうじょ》で働いてたんだけど、ビビ——おばあちゃんよ——と相談して、故郷《こきょう》にもどることにしたの。そのほうが、わたしにとって安全だと思ったのよ。昔から知っている人たちがいるんだからって。でも、着いて最初の日に、長老たちが母さんのところにやってきて、わたしに黒い服を着せて、小屋でひとりで夜を過《す》ごさせるように、って言った。特別な祝福《しゅくふく》の儀式《ぎしき》をするんだからって。母さんはすぐに、ピンときたんだ。これはきっとわたしを誘拐《ゆうかい》して、たぶん殺すつもりなんじゃないかって。タンザニアとかマラウィには、わたしたちのことを幽霊族《ゆうれいぞく》って呼《よ》ぶ地域《ちいき》があるのよ。で、幽霊族は生きてる間は価値《かち》がないって言われてるの。死んだら、七万五千ドルくらいの値段《ねだん》がつくんだ。だから、あとでこまらないなら、指一本とか足の一本くらい売ったらきっともうかるはずなんだけど」

マケナは、ぎょっとした。信じられないような話なのに、スノウはじょうだんまで言っている。

「それで……お母さんはどうしたの？」

「長老たちに、黒い服をつくるための材料を近くの店に買いに行くって言ったの。それから、わたしに変装《へんそう》させて、ビビといっしょにバスに乗せたの。わたしは母さんにしがみついて、行かせないでってたのんだ。それが母さんを見た最後だった。次に知ったのは、母さんが死んだってこと。ビビは、わたしを連れてケニアに密入国《みつにゅうこく》したの。でも、マザレ・バレーまで来たとき、ビビの心臓《しんぞう》は動かなくなっちゃった。スラムの暮《く》らしに耐《た》えられなかったんだね」

マケナは、言葉にできないほど気分が悪くなっていた。でも、そんな気持ちは外にあらわさないようにした。きっとスノウも、いろんなことを深刻《しんこく》に考えないようにしないと、ここまで生きてこられなかったはずだ。

スノウの目は、苦痛《くつう》と怒《いか》りに燃《も》えていた。

「ビビと母さんは、わたしを生かすために犠牲《ぎせい》になったの。だからわたしは、いつかふたりが自慢《じまん》に思ってくれるような人になりたいの」

マケナはスノウをだきしめたかったけど、その気持ちをおさえて言った。

「きっとそうなるよ。あたしにはわかる」

スノウは、菓子《かし》パンにかぶりつき、ほおばったままかけらを飛ばしながらきいた。

「で、そのビンはどうなったの？」

「ビンって？」

「雪が入ってたビンよ」

「ああ。あたしが住んでいた家に引《ひ》っ越《こ》してきた人が、捨《す》てちゃったの」

「だったら、もう一つビンを手に入れるってことを目標《もくひょう》にしなくちゃね。目標がなかったら、だれだって朝起きたくなくなるでしょ。日の出を見るときは別だけどさ。だから、いつかそのビンに雪をつめるのよ」

「そんなことしても、同じにはならないよ。ババがあたしにくれた雪じゃないもん」マケナは悲しい気持ちで言った。

「チッ！　自分をかわいそうがってたら、マザレじゃ二日と生きられないよ。スラムでは、あたしたち子どもは、ゴミと同じなんだ。今とはちがう日が来るのを楽しみにしてなくちゃ、頭がおかしくなっちゃうよ。あんたのお父さんがくれたものって、どうしてそんなに大事だったの？」

「ババは、あたしのことをよくわかってくれてた。お店で買えるどんなものより――音楽や服や、本でさえ――バティアン・ピークから自分の手ですくった雪のほうが、あたしには価値《かち》があるって、ババにはちゃんとわかってた。それは、絶対《ぜったい》に忘《わす》れられないことなんだ」

「絶対に忘れないいんなら、それはなくなってもいないし、こわれてもいないってことだよ。だって、心の中にずっとあるんだからね。っていうことは、別のビンに雪をつめてもいいってことじゃないの。そしたら、喜びも二倍にふえるんだよ」

マケナはスノウをじっと見つめた。スノウみたいな人には、これまで出会ったことがなかった。スノウの言葉は光のあわみたいに、二人の間をただよっていた。

魔法《まほう》の瞬間《しゅんかん》をかき消したのは、パトカーのサイレンだった。街はとつぜん大混乱《だいこんらん》におちいった。悲鳴、どなり声、そしてバンバンという銃声《じゅうせい》。逃《に》げていく人の足音。何かが強く屋台にぶつかったらしく、ビニールシートが落ちて、二人の姿《すがた》があらわになった。

マケナは、それまでよりかかっていたさびた看板《かんばん》のうしろにかくれた。

「いったい何があったの？」

ゆったりしたスノウは姿を消し、今はまるでオオカミのように神経《しんけい》をはりつめて、あたりを見ている。

「ギャングの抗争《こうそう》だよ。ルオ人と、キクユ人の一派《いっぱ》ムンギキが争ってるんだ。ムンギキは、ケニアのマフィアとも呼《よ》ばれてるけど、チャンガーの商売をだれがにぎるかで対決してるんだよ」

「チャンガーって？」

「ロケット燃料《ねんりょう》のことなの。ほんとよ。ギャングたちは、糖蜜《とうみつ》やヒエやモロコシから密造酒《みつぞうしゅ》を造ってるんだけど、ジェット機の燃料や電池用の硫酸《りゅうさん》を加《くわ》えてぴりっとさせるんだ。遺体《いたい》保存用《ほぞんよう》の液体《えきたい》を入れることもある。それって、葬儀屋《そうぎや》さんが、死んだ人をくさらないようにしておくための薬品だよ。とんでもないことだけど、マザレにはほしがる人がいっぱいいる……ねえ、ここから出ないと」

スノウはマケナの手をにぎった。

「さあ、今だよ」

でもマケナは、スノウの手をひっぱって言った。

「あたし、ナイロビの中心街にもどらないと。警察《けいさつ》ならこわくないもの。悪いことしてないんだから」

「そう言ったら警察《けいさつ》が信じると思う？」

青いライトをちかちかさせたバンが二台、けたたましくサイレンを鳴らしながら屋台の横を通りすぎていった。そしてキーッと急停車すると、中から盾《たて》や警棒《けいぼう》を持った機動隊員がつぎつぎに出てきた。通りの向こう側にはがっしりした若者《わかもの》たちが集まって、スズメバチみたいにさわいでいる。

スノウがマケナの手をつかんで離《はな》さずに言った。

「ここにいたら、運がよかったとしても、まちがってなぐられるか、撃《う》たれるか、ブタ箱に入れられるかだよ。いっしょにマザレに行こう」

「スラム街には行きたくないの。いやなの」マケナは不安な声で言った。

「ほかにいい考えでもあるの？」

「ないけど」

「だったら、ほら、走るよ」

13 キスマスと呼《よ》ばれて

マケナは、野生のミントの葉と食塩を混《ま》ぜたものを指につけて、歯をごしごしこすった。スノウが、毛先がみだれた歯ブラシをゴミためから見つけてきて、それをくれようとしたけど、マケナはもらう気になれなかった。

なぜかはよくわからない。最近では、前ならとてもがまんできないと思ったようなことを、見たりしたりしている。三週間前に、もしだれかが毎晩《まいばん》おしっこはビニール袋《ぶくろ》にして、マザレ川に投《な》げ捨《す》てなさいと言ったら、マケナは崖《がけ》から飛びおりたほうがまだましだと思っただろう。でも、ここでは暗くなってから外に出ていくのは危険《きけん》すぎる。スラム街で生きのびるためのさまざまな課題に比《くら》べれば、こんなのは大した挑戦《ちょうせん》ではない。

それでも、くさった鶏《とり》の骨《ほね》のそばに落ちていた、知らない人の歯ブラシを使うことには、まだ抵抗《ていこう》がある。自分なりの暮《く》らしの基準《きじゅん》があってもいいはずだと、マケナは思うことにした。

下水のにおいがする蛇口《じゃぐち》の水を使う順番を待ちながら、マケナはママがもう生きていないことにホッとしていた。こんなに落ちぶれた娘《むすめ》をママは見ないですむのだから。でも、ママが生きていたら、マケナはマザレ・バレーにいるはずはないのだから、そう考えるのも変なものだ。ママが生きていたら、朝のこの時間には、洗《あら》ってアイロンをかけた制服《せいふく》を着て、学校に行くしたくをしているだろう。お湯のシャワーをあび、お店で買った歯みがきと自分の歯ブラシで歯をみがいているだろう。でも、前はあたりまえだと思っていたことのほとんどが、もうあたりまえではなくなっている。

スラム街での最初のショッキングな夜、マケナはかなりのお金を靴《くつ》の中にかくしていた。むだ使いしなければ、ひと月のあいだ、緑の野菜や、豆やお米や、歯みがきやシャンプーを買うことができるお金だ。スノウは、何事もかくすのがむずかしいスラムで、どうやってお金をかくしておけるかを教えてくれてもいた。

でも、お金は一日でなくなってしまった。スノウがあとをついてきて「バカなことはやめて」とさんざん忠告《ちゅうこく》したのに、マケナは有り金をいっぺんにはたいて、パンや木の実やお菓《か》子《し》を買えるだけ買ってしまった。そして涙《なみだ》をこらえながらスラム街を歩き回り、おなかをすかせた子どもに会うたびに、買った物をわたしていった。ほとんどの子どもはおなかをすかせていた。そんなわけで翌朝《よくあさ》は、マケナ自身もおなかをすかせることになった。

スラムの子どもたちは、マケナを「キスマス」と呼《よ》ぶようになった。クリスマスという意味だ。そして昼がすぎると、子どもたちはマケナのところに来て、お話をせがむようになった。マケナがスノウに『ウォーターシップ・ダウンのウサギたち』（リチャード・アダムズ作の長編物語）の話をしているのを、二人の女の子が聞いていた。自分たちの巣穴《すあな》から追い出されたウサギの群《む》れが、ウンドワート将軍《しょうぐん》や赤目のウサギ部隊と戦ったり、新しいすみかを探《さが》す旅をしながら大きな試練に耐《た》えるという物語に、マザレにいる子どもたちは共感した。

最初に物語をもれ聞いた女の子たちは、翌日《よくじつ》友だちを二人連れてきた。そしてその子たちがまたほかの友だちを連れてきた。今は、マケナは毎日のようにお話を語っていた。マケナはさかさにしたドラム缶《かん》に腰《こし》をかけ、三十人を超《こ》える子どもたちに『シャーロットのおくりもの』（E・B・ホワイト作の物語）の話をしたり、エドマンド・ヒラリーとシェルパのテンジンがエベレストに登る話をして聞かせた。

マケナは、ママやババが恋《こい》しいのと同じくらい、山のことも恋しくてたまらなかった。マザレで山らしいものといえば、かつて石切場だったなごりの岩だらけの斜面《しゃめん》と、えんえんとつづくゴミの山だけだ。雨がふれば、川の水はあふれて、プラスチックや、ガラスのかけらや、人のウンチなどの有害なゴミが流れ出す。そのにおいも、言葉には言いあらわせないほどだった。ときどきボランティアの団体《だんたい》がやってきて、ゴミを袋《ふくろ》に入れて回収《かいしゅう》していくが、ときには数時間もたたないうちに次の嵐《あらし》が来て、もとの木阿弥《もくあみ》になってしまう。

マケナは、スノウや、ほかの二人の女の子（ジャネスとユーニス）と、ひと部屋だけのぼろぼろの掘《ほ》っ立《た》て小屋で暮《く》らしていたが、汚物《おぶつ》や化学物質《ぶっしつ》はそこまでおしよせてきた。この掘っ立て小屋は、ジャネスのお父さんが死ぬ前に買ったものだ。そこは、マザレでも最下層《さいかそう》の人たちが住む区域《くいき》で、二メートル四方の小屋はきたない川の川岸に建っていた。川が氾濫《はんらん》すると、多くの家族がおし流された。

四人の女の子は、ダンボールを敷《し》いた上に自分たちの持ち物を雑然《ざつぜん》とおき、その間で眠《ねむ》った。夜になると、ネコくらい大きなネズミが何かのはしをかじり、女の子たちの手足の上を走った。

一週間に一度、女の子たちは一つしかないバケツに、あわ立つ川の水をくんで、洗濯《せんたく》をした。マケナの順番は最後だ。スウェットや、しみのついた登山ズボンは、いくらごしごし洗《あら》っても、汗《あせ》と絶望《ぜつぼう》のにおいが消えなかった。

洗濯日には、マケナは一枚《まい》しかない着がえのティーシャツと下着を着て、スノウといっしょにかわくのを待った。マケナもスノウも、着がえがあるだけ幸運だった。ジャネスは、服が生がわきになるまで、小屋の中にかくれていた。雨の日は、一日じゅう小屋の中にいるしかなかった。

掘《ほ》っ立《た》て小屋は、ほとんど間隔《かんかく》をあけずに建っていた。左の小屋に住んでいる女の人が赤ちゃんをあやしたり、さわいでいる息子《むすこ》をしかったりするのも、右どなりに住んでいる男の人がチェーンソーみたいにいびきをかくのも筒抜《つつぬ》けだった。それどころか、五軒《けん》も離《はな》れた小屋に住んでいる家族のうわさまで聞こえてきた。

たとえば、三軒先の小屋に母親と住んでいるやせたティーンエイジャーは、密造酒《みつぞうしゅ》が大好きだということをマケナは知っていた。朝になるとよくその若者《わかもの》は、小屋の前によっぱらってたおれていた。ぽかんとあいた口には、ハエがたかっていた。七日つづけて朝は小屋の前で眠り、昼も居眠《いねむ》りをしているのを見たマケナは、じょうだんを言った。

「あの人が飲んでるチャンガーには、ロケット燃料《ねんりょう》が入ってないみたいだね」

するとふだんは怒《おこ》ることのないスノウが、怒って言い返した。

「ちっともおかしくないよ。ひどいのを飲んだら、コロッと死んじゃうんだからね。チャンガーって、スワヒリ語で『早く殺して』っていう意味なんだから」

それから一週間もしないうちに、そのひどい酒にあたったらしい若者は、箱に入れられて運び去られ、そのあとをお母さんが泣きながらついていくのが見えた。そのお母さんも、息子の死がショックで、しばらくすると亡《な》くなった。マザレは死があたりまえのことなので、近所の人は注目もしない。それから一時間もすると、その小屋には別の家族が引《ひ》っ越《こ》してきた。

ギャングのメンバーが川の土手で燃料缶《ねんりょうかん》を使っておおっぴらに強いお酒を造《つく》っているのを見て、マケナは腹《はら》を立てていた。有害な材料で造ったチャンガーを、きたない川の水でうすめている。この不法な密造酒は、ギャングたちや、ギャングからそでの下をもらっている役人たちに、莫大《ばくだい》なもうけをもたらしている。そうしたマザレの親玉たちは、ダイヤや金の宝石《ほうせき》を身につけて、スラム街をのし歩いている。そのだれもが、使いきれないほどの富《とみ》をためこんでいる。それによって最も貧《まず》しい人たちが苦しんでいることなど気にかけてもいない。

マケナは毎日、朝起きると、「ふつうの」暮《く》らしにもどるための具体的な計画を立てようと心に決めるのだった。絶対《ぜったい》に何か解決策《かいけつさく》があるはずだと思っていた。家族の友だちが受け入れてくれるかもしれないし、それがだめでも、ヒッチハイクでケニア山に行って、ふもとでハチミツとか薪《たきぎ》を集めて売ってもいい。ババだって若《わか》いころはそうしていたのだから。そして、お金が貯《た》まったら、また学校に行けばいい。

けれどもマザレでは、毎朝そうやって世界に向きあおうとすることだけでも至難《しなん》の業《わざ》なのだった。

お金がわずかしかなかったり全くなかったりするのに、食べ物を手に入れなくてはならない。しかも、ほかにも同じような人が五十万人もいるのだ。マケナは、マザレの向こうの道路わきで商売をしている人のテーブルの下に転がっている玉ねぎとか、つぶれたトマトを見つけるのがうまくなった。スノウは、どの店のゴミ箱に、悪くなりかけたミルクのカートンや黒くなったバナナがまだ残っているかを知っていた。

しなびたにんじんを二本とか、落花生をひとつかみとか、持ち帰るたびに、ユーニスが干《ほ》した豆を少しばかり加《くわ》えたり、ムチュージ・ミックス（スパイス）を加えたりして、水っぽいスープをこしらえた。ジャネスはときどきメイドとして働き、そんな日はニャマ・チョマ（焼いたヤギ肉）を自分とユーニスのために買って帰った。スノウもマケナと同じで肉は食べなかったので、ユーニスは二人のためにウガリかスクマウィキも買ってきてくれた。でも、そんなぜいたくはめったにできなかった。

食べるものが、まったく口に入らない日もあった。

それでもなんとか生きのびることはできたが、ほかのことをするエネルギーはわいてこなかった。ユーニスのひびの入った鏡に自分の姿《すがた》を映《うつ》したマケナは、髪《かみ》の毛《け》がひもみたいにのび、鎖骨《さこつ》がつき出し、ティーシャツがぶかぶかになっていることに気づいた。

インターナショナル・スクールに行って奨学金《しょうがくきん》をお願いしようかと思っても、自分の姿を思《おも》い浮《う》かべると、いつも勇気がしぼんだ。こんな自分にだれかが期待してくれるとは思えない。ナイロビの中心街まで歩いていくことも、一日のばしにした。でもだんだんに、その日がいつか来るとも思えなくなっていた。

ようやくマケナが蛇口《じゃぐち》の水を使う番になった。マケナは顔を洗《あら》い、ミントと塩でみがいた歯をすすいだものの、水のきたなさに顔をしかめずにはいられなかった。足もとの水たまりを鏡にして、石けんのかけらで体を洗おうとかがみこんだとき、ふっと記憶《きおく》がよみがえってきた。ケニア山のルトゥンドゥ湖の透明《とうめい》な水で顔を洗ったとき、頬《ほお》がチリチリしたこと。ぬれたまつげの間から奇跡《きせき》のようにオオミミギツネが見えたこと。とてもあざやかで、生き生きとした記憶だ。オオミミギツネは顔を上げて、マケナをこわがらずにじっと見つめていた。そのひげに

は、水のしずくがダイヤモンドのようにきらめいていた。

そのとき、人間のものとは思えないうなり声が、記憶《きおく》の中のイメージを消し去った。ドキッとしてふり返る。子どもたちは、農夫に散弾銃《さんだんじゅう》を向けられたコウヨウチョウのように、ちりぢりに逃《に》げだした。ひとりの男の子がマケナのシャツを引《ひ》っ張《ぱ》って言った。

「キスマス、逃げろ。〈死に神〉が来るぞ」

気づいたときはおそかった。日の光がさえぎられ、目の前に巨木《きょぼく》のような男がそびえ立っていた。男は、マケナの腕《うで》を熱っぽい手でぎゅっとつかむと、言った。

「おまえだな！　おぼえてるぞ」

マケナは悲鳴をあげた。掘《ほ》っ立《た》て小屋から出てきてあくびをしようとしていたスノウが、ほうきをつかんで、かけつけてくる。

目のはしに、何かチラチラ光るものが見えた。大男もそれに気づいたらしく、にぎった手の力が弱まった。

マケナの腕に石けんがついていたおかげで、マケナは腕をひねって大男の手を逃《のが》れると、スノウの手をつかんで走った。スノウは、自分の手の生命線と同じくらいスラム街の裏道《うらみち》をよく知っていた。二人はすぐに姿《すがた》をかくした。怒《おこ》った大男がドスドス歩いていくのが聞こえてきたのは、ずいぶんあとになってからだった。

「あたしが話してた木みたいな男って、あの人だよ」マケナはスノウにささやいた。「嵐《あらし》の夜につかまりそうになったって話したよね」

スノウはマケナをじっと見て言った。

「そのときも逃げたんだよね？　今度で二回目だね。〈死に神〉に三度はつかまらないようにしないと」

マケナはぞっとした。

「どうして〈死に神〉って呼《よ》ぶの？」

「あいつの行く先々で、子どもがいなくなるからよ。あの人、頭が弱くて、命令にしたがって動いてるだけなの。すごく位《くらい》の高い人に雇《やと》われてるらしいよ。その人は窓《まど》を黒くしてナンバープレートをつけてないベンツに乗ってるんだ。マザレでは〈外交官〉って呼ばれてる。〈死に神〉にねらわれてるとしたら、気をつけないと。わたしのそばにいて。いっしょにいれば、安全だからね」

マケナは、前にも同じような言葉を聞いたことがあるような気がした。まわりをハイエナがうろついていたとき、ババも同じことを言ったんじゃなかったっけ。ババは、娘《むすめ》を守るのに一生懸命《けんめい》だったけど、自分を守ることがおろそかになった。そして亡《な》くなってしまった。スノウにも同じことが起きないといいけど。

そんなことにならないように、スノウがマケナを守ろうとするなら、マケナもスノウを守らないと。今度危険《きけん》なものがやってきたときは、油断《ゆだん》しないようにしよう。

14

赤いポピー

マケナの誕生日《たんじょうび》をおぼえていたのは、スノウだった。小屋の壁《かべ》には、どこかの店で配ったカレンダーがかかっていて、そこにはケニアの野生動物の写真がついていた。六月のはイボイノシシの写真だ。スノウは、マザレ・バレーでも十二歳《さい》の誕生日をきちんと祝うべきだと思っているらしく、スティーヴィー・ワンダーの「誕生日の歌」を大声で三度も歌った。三度目のときに、とうとう目をさましたマケナは、まっすぐカレンダーのイボイノシシに目を向けた。イボイノシシも、もっと眠《ねむ》っていたいという顔をしている。もし、まくらがあったら、その下に頭をうずめてしまいたいところだ。

でもスノウは、あきらめなかった。ほかの二人のルームメイトも、目をこすりながら笑顔を見せると、スワヒリ語で「ハッピー・バースデイ」の歌を歌った。

アフィア　ジェマ　ナ　フラハ
アフィア　ジェマ　ナ　フラハ

アフィア　ジェマ　ナ　フラハ　ムペンドゥワ　ウェトゥ、マケナ
アフィア　ジェマ　ナ　フラハ　ムペンドゥワ　ウェトゥ、マケナ

マイシャ　ボラ　マレフ
マイシャ　ボラ　マレフ
マイシャ　ボラ　マレフ　ムペンドゥワ　ウェトゥ、マケナ
マイシャ　ボラ　マレフ　ムペンドゥワ　ウェトゥ、マケナ

「今日は、少なくとも六つの魔法《まほう》の瞬間《しゅんかん》があるはず。最初のは夜明けだよ」みんながマケナに健康《けんこう》と幸せとすばらしい長寿《ちょうじゅ》を祈《いの》ったあとで、スノウが言った。「さっきちょっとのぞいてみたけど、お日さまは、今日は特別なスカーレットのドレスを着てるの。それを見てから、公《こう》衆浴場《しゅうよくじょう》でシャワーを浴びてね。お金はあたしたちで出しあうからだいじょうぶ。でも、その前にまずプレゼントをあけてみて」

古新聞に包んでひもをかけたものを、スノウが差し出した。

マケナは深く心を動かされていた。スノウは一文なしで、何も持っていない。よごれていない新聞紙とひもを探《さが》すだけでもたいへんだったはずだ。しかもプレゼントまで用意してくれたなんて！

「あけて」ジャネスがうながした。「もう待てないよ」

マケナは、「デイリー・ネイション」という古新聞のスポーツページではなく、金箔《きんぱく》でもはがすみたいにそっとそっと包み紙をあけた。中には空っぽのジャムのビンが入っていた。ちぎった厚紙《あつがみ》のラベルには、「雪を入れてね」と書いてある。

ルームメイトたちは、首を横にふりながら言った。

「空っぽのビン？　たしかにあたしたちは貧乏《びんぼう》だけど、こんなのだったら、ないほうがまだましだったんじゃないの。どんな雪を入れるっていうのよ、ダイアナ？　いくらあんたが雪《スノウ》でも、あんたは入れないでしょ」

でも、マケナは胸《むね》がいっぱいになり、言葉がなかなか出てこなかった。

「これには長い話があるの。今度話すね。でも、もしスノウが億万《おくまん》長者だとしても、このビンほど特別なプレゼントは買えなかったと思うの」

マケナはスノウをぎゅっとだきしめた。

「ありがとう、スノウ。ずっと大事にして、いつか雪を入れる方法を見つけるからね」

マザレには二種類の人たちがいる。「ムウェニェ　メノ　マカリ　ンディエ　ムマリザ　ニ

ヤマ」つまり、「最も鋭《するど》い歯を持った者が肉を平らげる」というモットーにしたがって生きる人たちと、「ムサフィリ　バリ、フピタ　ジャバリ」つまり、「遠くまで行こうとする旅人は、岩壁《がんぺき》をも越《こ》える」ということわざを信じる人たちだ。

意外なことに、たいていの人は二番目のタイプだった。マザレの暗闇《くらやみ》を照らす光や愛に触《ふ》れるたびに、マケナは感嘆《かんたん》した。希望はどこにでも見つけることができた。都会の舗装《ほそう》の割《わ》れ目から顔を出す野の花のように、希望も、ゴミや絶望《ぜつぼう》に負けずに顔を出すのだ。

マケナが暮《く》らす小屋のそばにあるスラム街の学校は、マケナが通っていた学校とはずいぶんちがっていた。「成功学院《せいこうがくいん》」という楽天的な名前のその学校は、見た目は納屋《なや》にしか見えなかった。さびの浮《う》いた鉄板をつなぎあわせてつくった細長い校舎《こうしゃ》は、マケナが通っていた学校の一クラス分の大きさしかない。そこに二百人の子どもたちがつめかけていた。教室には机《つくえ》も椅《い》子《す》もなかった。年齢《ねんれい》もさまざまな男の子も女の子も、みんな地面に腰《こし》をおろして勉強し、一つしかないトイレを共同で使っていた。トイレといっても、金網《かなあみ》で囲った中に、穴《あな》が掘《ほ》ってあるだけのもので、くさいにおいがした。

それにもかかわらず、生徒たちはみんな熱心だったし、先生たちはさっそうとしていて、やる気に満ちていた。

川のそばのマケナの小屋の近くにも、新たに資格《しかく》をとった女の先生が住んでいた。その先生は、毎朝おんぼろの小屋から笑顔で出てくると、学校に出かけていく。それを見ると、マケナの胸《むね》にこみあげてくるものがあった。その先生にかけより、「あたしのママも、先生をしてたんですよ」と言って、おんおん泣きたいと思ったこともある。

スラム街に住むたいていの女の人は、穀物《こくもつ》や豆を売ったり、ゴミ捨《す》て場《ば》で見つけた清涼《せいりょう》飲料水の缶《かん》とか、布《ぬの》や革《かわ》を使った手芸品を売っていた。そして、マザレ・バレーのたき火の光に照らされて居眠《いねむ》りをしながらも、夜おそくまで商品を並《なら》べているのだった。自分たちより少しはましな暮《く》らしをしている人が買ってくれれば、おなかをすかせた子どもたちが助かるのだ。

でも、それは命がけの商売でもあった。毎晩《まいばん》のようにナタをふり回しながらやってくる、ドレッドヘアのムンギキから逃《に》げなくてはならなかったからだ。スラム街の住民から「みかじめ料」をとりあげようとするギャングたちも、同じくらい荒《あら》っぽかった。だから、こうした女の人たちは長生きできないし、想像《そうぞう》もつかないほどたいへんな暮らしをしているのだが、ナイロビのおしゃれな店で買い物をする人たちよりもっと笑うし、喜びを感じる度合いも強いみたいだった。

その日の午後、マケナとスノウがごみごみしたジグザグの裏通《うらどお》りを歩いていると、空き地で遊んでいる男の子たちの歓声《かんせい》や、くやしがる声が聞こえてきた。ビニール袋《ぶくろ》を丸めてより糸をかけたジュワラというボールでサッカーをしているのだ。

ケニアのトップチームの一つにマザレ・ユナイテッド・サッカークラブがある。スラム街に暮らす男の子はみんな、そのチームに入って緑と黄色のユニフォームを着る日を夢《ゆめ》見ていた。

うまい選手は、マンチェスター・ユナイテッドなど伝説のクラブのスカウトの目にとまるかもしれないと、高度な技《わざ》をひろうしていた。ほとんどの者にとっては、それがスラムから抜《ぬ》け出《だ》せる唯一《ゆいいつ》のチャンスだったからだ。

スノウが、男の子たちの試合について実況《じっきょう》中継《ちゅうけい》していたが、マケナはちゃんと聞いてはいなかった。マケナはスラムに暮らし始めてそろそろ一か月になるが、自分がえじきになるかもしれないという不安が消えてはいない。そのうち〈死に神〉が探《さが》しにくるのがこわいだけではない。マザレ・バレーでは、あらゆるところに、こちらを見ている目を感じるのだ。親切な目や無関心な目もあるが、計算ずくの目もある。

自分よりスノウのことが心配だった。マザレ・バレーには、タンザニアやマラウィなど、アルビノが被害《ひがい》にあうことの多い国から来た難民《なんみん》もいる。スラム街でも、スノウのことを「ゼロ」とか「見えない者」とうわさする声があった。スノウは平気なふりをしていたが、寝汗《ねあせ》をかいているところを見ると、内心では、恐怖《きょうふ》を感じているにちがいない。生きているより死んだほうが価値《かち》があるなんて、言われているのだから。

マケナたちは、掘《ほ》っ立《た》て小屋が立《た》ち並《なら》ぶところを過《す》ぎて、岩だらけの道をのぼり、丘《おか》の上の窪地《くぼち》のふちまで行った。そこにもスラムが広がっている。それからてっぺんにある草地までたどりつくと、ハッとするような光景が目に入った。上から見ると、掘っ立て小屋やあばら屋がくっつきあっているので、一つの屋根の下にあるように見える。屋根の上は、スモッグや羊肉を焼く煙《けむり》におおわれている。

「マザレには、コソボっていう呼《よ》び名《な》もあるの」スノウが言った。「コソボは大きな紛争《ふんそう》があったヨーロッパの国よ。マザレの人たちは、爆撃《ばくげき》された建物や強制収容所《きょうせいしゅうようじょ》をニュースで見ると、言うの。『まるでここみたいじゃないか』って」

マザレのまわりには、たおれかけて犯罪《はんざい》の温床《おんしょう》になっている安い公営住宅《こうえいじゅうたく》も並《なら》んでいる。そしてナイロビのそうした安い住宅の間には、悲惨《ひさん》な無法地帯のスラム街が二百も点在《てんざい》している。ヌビア語で「森」とか「ジャングル」という意味のキベラは、アフリカ最大、世界でも最大のスラムの一つだ。

マケナはふるえた。大きなスラム街の全貌《ぜんぼう》を目にしたからばかりではなく、ジャネスとユーニスがくれた揚《あ》げたてのマンダジを食べておなかが痛《いた》くなっていたからでもある。マンダジというのは三角形の揚げパンで、粉砂糖《こなざとう》がかかっていた。いつもぺこぺこのおなかが、ショックを受けたのかもしれない。じとっと汗《あせ》がうかんできた。

おなかのぐあいはしだいに落ち着き、マケナはにこっとしながらスノウに言った。

「スノウとユーニスとジャネスのおかげで、今日はもう五つも魔法《まほう》の瞬間《しゅんかん》があったよ。雪を入れるビンでしょ、きれいな日の出でしょ、シャワーに、マンダジに、「カラテ・キッド」（アメリカの映画。邦題「ベスト・キッド」のシリーズ）も」

マケナたちは、その日の午後、スラム街の映画館《えいがかん》で「カラテ・キッド」という映画を楽しんだ。パチパチ音のする海賊版《かいぞくばん》のＤＶＤ《ディーブイディー》で、ラルフ・マッチオが敵《てき》のコブラ会をやっつけるのを見たのだ。

縁《ふち》がへなへなした帽子《ぼうし》をかぶったスノウは、白い腕《うで》や顔が日焼けしないようにアロエの汁《しる》をぬっていた。

「少なくともあと一つは日の入りっていう魔法の瞬間があるでしょ。でも、あといくつかあってもいいよね」スノウが真剣《しんけん》なまなざしで、マケナをじっと見ながら言った。「山が恋《こい》しいと思ってるんだったよね？」

「少しはね」マケナは言った。

マケナにとって、山とババは切っても切り《き》離《はな》せないもので、二つとも、まるで溶岩《ようがん》みたいに、すきあらば地表を割《わ》って頭の中に浮《う》かびあがろうとしていた。

「うんとでしょ。ケニア山のいちばん高いピークはなんて言ったっけ？　バティなんとかって言ったよね」

「バティアンよ」

「そうそう」スノウは、ゴミの山のいちばん高いところへのぼり、言った。「おいでよ。バティアン・ピークにいるつもりになろう」

マケナはしぶしぶのぼりながら言った。

「うんと想像力《そうぞうりょく》を働かせないと無理だけどね」

「だから、あれをプレゼントしたんだよ。想像力《そうぞうりょく》を働かせるために、ね。溶《と》けた雪のビンに触《ふ》れるだけで、ケニア山の頂上《ちょうじょう》にいる気になれるって、言わなかった？」

「うん、言った」

「ほらね」

マケナは、笑わずにはいられなかった。バックパックからジャムのビンをとりだすと、両手でかかえ、目をつぶった。そして、マザレ・バレーのくさった魚みたいなにおいをしめだして、ルトゥンドゥ湖のほとりに腰《こし》をおろし、さわやかなヒースの香《かお》りを吸《す》っているつもりになってみた。ケニア山の頂《いただき》には雪がかがやいている。まわりは薄紫《うすむらさき》色の高原で、上空にはワシが旋回《せんかい》している。

男の子たちのそうぞうしい声が、マケナを現実《げんじつ》に引きもどした。そばでゴミあさりをしている子たちだ。

マケナの想像はとぎれたが、いつかこのビンに雪を入れるという夢《ゆめ》は捨《す》てなかった。マケナはスノウにたずねた。

「みんなに目標《もくひょう》を持つようにって言ってるけど、スノウの目標はなんなの？」

スノウは、スカートのポケットに手をつっこんで、雑誌《ざっし》から切りぬいたページをとりだした。しょっちゅうたたんだり開いたりをくり返していたのだろう。今にもやぶれてしまいそうだ。でも、そこにはあざやかなピンク色のチュチュをはいた黒い肌《はだ》のバレリーナがはっきり写っていた。バレリーナはニューヨーク市の赤れんがの建物の上を、飛んでいた。

「これ、ミカエラよ。すてきでしょ。ミカエラは、シエラレオネで戦争孤児《こじ》になったの」スノウが誇《ほこ》らしげに言った。

「戦争孤児に？」

「そう。で、ミカエラが四歳《さい》のとき、孤児院に『くるみ割《わ》り人形』のバレエがやってきたの。この写真も『くるみ割り人形』の場面だけどね。それで、いつかダンサーになって幸せになろうと決心したの。ミカエラの先生は目の前で殺されたし、いろんなひどいことが起こったんだけど、ミカエラはとうとう親切なアメリカ人の養女《ようじょ》になったの。今は、オランダ国立バレエ団《だん》で踊《おど》ってるのよ。で、あたしもこの写真を見て、ミカエラみたいに幸せになろうと思ってるの。ミカエラの話を読んでから、ママがバレエの本を買ってくれて、自分でもいくつかの動きができるようになったんだ。こうやって、影響《えいきょう》がつながっていくんだよね」

マケナは写真に見とれた。若《わか》い女の人は、とても優雅《ゆうが》でたくましい。

「アルビノのダンサーもいるの？」

「何百人もね。アルビノの歌手も、俳優《はいゆう》も、アスリートもいるよ。有名な人もいるけど、有名だからすばらしいってわけじゃない。チケットが高く売れないから名前は知られてなくても、はるかに重要な役割《やくわり》を果たしている人もいるの。苦しんでる人たちを助けたり、戦争で被害《ひがい》を受けた子どもたちを笑顔にしたり。あたしたちがいるこの世界では、そういう人たちこそ偉大《いだい》なんじゃないかな」

「でも、スノウは自分の名前がぴかぴか光ってる舞台《ぶたい》で踊《おど》りたいんでしょ？」

「そう。それって、お金持ちになりたいとか、有名になりたいからじゃないの。それもすてきなことだとは思うけどね。それより、ミカエラみたいに、みんなに元気になってもらえることがしたいの」スノウは、熱っぽい口調で言った。

それを聞いたときマケナは、自分も大きくなったら、どんな状態《じょうたい》の子でもそのままで元気になれるようなことをしたいと思った。どんなことをすればいいのかは、まだわからないが、何かできることがあるはずだ。

スノウが言った。

「ミカエラの記事を声に出して読んでよ。読むの、あたしは苦手なんだ。言葉がうしろ前になったり横にずれたりしちゃうんだ。文字が下手なダンスを踊っちゃうの」

「それって、なんとかなるはずだよ。メガネとかコンタクトレンズでよくなるんじゃないかな」

マケナは言った。

「ここで？　スラムで？」

「ここじゃ無理かもしれないけど、そのうち舞台で踊るようになるんでしょ」

「うん、わかった。頭に入れとくね。さあ、ミカエラの物語を読んで」

半分ほど読んだところに、ミカエラの言葉があった。

「コープス（死骸）は物語の背景《はいけい》で……」

スノウが、おかしそうに笑った。

「コープスじゃなくて、それはコールって読むの。フランス語だよ。ママがくれた本には、集団《しゅうだん》で踊《おど》るダンサーのことだって書いてあった。ソリストは主役を踊ってみんなの注目をあびるけど、コールは家族みたいなもので、まとまって踊るの」

マケナの目の前の文字がにじんだ。自分にも前は家族がいたのだ。

気をとりなおして、その先を読む。

「ミカエラはこう言う。『（白人が多数のバレエ界で黒人の自分が踊ることについて）コールは物語の背景で、森になったり、雪嵐《ゆきあらし》になったり、鳥の群《む》れになったり、花畑になったりする。黄色いスイセンがたくさん咲《さ》いている中に、赤いポピーが一つ咲いていたとすると、ポピーは目立ってしまう。どうすればいいかというと、ポピーをつみとるのではなく、ポピーをもっとふやせばいいのだ』」

スノウは雑誌《ざっし》の記事をポケットにしまった。

「わたしもそうしようと思うの。わたしは、赤いポピーになって、種を飛ばしてもっとたくさんのポピーの花を咲かせるの」

15 〈死に神〉の手がのびる

「最後にもう一つお願いがあるんだけど」と、マケナは切りだした。「六番目の魔法《まほう》の瞬間《しゅんかん》のためよ。あたしに、ダンスを見せてくれない？　日の入りがバックをつとめてくれるし、あたしや丘《おか》をのぼってくる子どもたちが、そのコール・ド・バレエっていうのになるからさ」

スノウは、空いっぱいの星みたいに顔をかがやかせた。

「ほんとに見たいの？」

「もちろん」

スノウは、となりのゴミの山にいるいちばん年上の男の子に声をかけた。

「ねえ、イノセント、あんたたちのバンド、どんな曲ならできる？」

イノセントは、得意げに空《あ》き缶《かん》をたたいて言った。

「なんだってできるさ」

「あたしたち、『スラムの湖』をやりたいの。本当は『白鳥の湖』っていうんだけど、マザレだからこういう名前ね。チャイコフスキーのバレエだよ。演奏《えんそう》してくれる？」

「いいよ。そのチョムスキーってのは知らないけど、2《ツー》フェイス・イディビア（ナイジェリアのミュージシャン）とか、ファレル・ウィリアムズとか、エイコン（セネガル出身でアメリカで活躍するミュージシャン）とか、ビヨンセとか、レディスミス・ブラック・マンバーゾ（南アフリカの男性コーラスグループ）とかなら、できるぜ」

マケナはダンスが得意ではなかった。「右足が二本あるみたいね」そう言って、ママにはよくからかわれた。「山登りにはいいけど、ダンスはむずかしいわね」

スノウは、決してノーとは言わせないたちだ。マケナは、気がつくと羽が生えたみたいにアレグロやカブリオレのジャンプをするスノウについてまわっていた。イノセントのバンドは、バケツや空《あ》き缶《かん》をたたき、手製《てせい》のギターをかき鳴らした。太陽は燃《も》えながら、マザレ・バレーのゴミの山のかなたにしずもうとしている。

スラムのあちこちから、子どもたちが集まってきた。観客がどんどんふえていく。でも、主役はスノウだ。スノウは疲《つか》れを知らなかった。夜のとばりがおりて、マザレに料理の火や、盗《とう》電《でん》した照明がともるころ、スノウは重力から解《と》き放《はな》たれた神話の少女になっていた。

とつぜん雷鳴《らいめい》が爆音《ばくおん》のようにとどろいた。おなかが痛《いた》くて腰《こし》をおろしていたマケナは、地面がゆれるのを感じた。

稲妻《いなずま》がゴミの山の上に広がる闇《やみ》をつんざいた。その光は、とびあがったスノウを照らしだした。ハーレムの舞台《ぶたい》で跳躍《ちょうやく》したミカエラのように、マザレの舞台で跳躍したスノウをとらえたのだ。

そのとき、ブルドーザーが一台、ゴミの山の上にあらわれた。ヘッドライトにマケナの目がくらむ。くずされたゴミが、津波《つなみ》のように上からおしよせてくる。汚物《おぶつ》が目に入る。逃《に》げてくる子どもたちをよけようとしてあわてたマケナは、暗い斜面《しゃめん》を転がった。とちゅうで体勢《たいせい》を立て直すことができずに、下まで転げ落ち、道路にぶつかって、足首をひねった。するどい痛《いた》みが走る。ちょっとの間、足首が折れたかと思った。足首はすぐに腫《は》れてきて、走るのは無理だし、歩くのもむずかしくなった。

別のブルドーザーがあらわれて掘《ほ》っ立《た》て小屋をこわし始めた。そのまわりを男たちがとり囲み、怒《おこ》ったりさけんだりしている。パニックになった住民たちが走り回る。パトカーのサイレンが、騒音《そうおん》を圧《あっ》するようにひびく。警備員《けいびいん》がマケナを見つけて、こわい顔で近づいてきた。

マケナは歯を食いしばり、足を引きずりながら急いでその場を離《はな》れた。スラム街の家並《いえな》みから、子どもたちが走ってきた。

「逃げて、キスマス！」お話会に来ていた女の子がさけんだ。「いっしょに逃げよう」

「スノウはどこ？　スノウを見かけた？」マケナはたずねた。

パトカーがサイレンを鳴らしながらやってきて、マケナの言葉をかき消した。子どもたちは逃げだし、マケナもできるだけ急いであとを追った。人々が逃げ回る。持ち物を引きずりながら走っている者もいる。でも、マケナはちゃんと走れなかった。

あわてると、よけいに方向がわからなくなった。どこかの家族がいっしょに逃げようと声をかけてくれたが、マケナは足首を休めるために立ち止まらなくてはならなかった。次の角《かど》を曲がると、マケナはひとりになっていた。

おなかの痛みがもどってきて、頭もずきずきと痛む。コレラにかかったんじゃないといいけど。マザレではコレラが大流行していた。保健師《ほけんし》が配布《はいふ》していたチラシには、石けんでよく手を洗《あら》うようにとか、露店《ろてん》で売っている食べ物に手を出すなという注意が書いてあった。もらってあんなにうれしかったマンダジだけど、あれは露店で買ったものだった。

足とおなかの状態《じょうたい》を考えると、夜を生きのびるのにいちばんいい方法は、ナイロビに来たばかりの夜のようにすることかもしれない。ゴミ容器《ようき》を探《さが》して、そこにもぐって眠《ねむ》るのだ。

朝になったらマザレ・バレーにもどってスノウを探そう。そしてスノウを説きふせて、スラム街を出ることにしよう。ケニア山までヒッチハイクして、ハチミツや食べられる根っこや葉っぱを見つけて生きていこう。スノウには才覚があるし、工夫《くふう》する力もある。そして、マケナは山を知っている。二人いっしょなら何とかなりそうだ。そのうちにお金を貯《た》めたら、イギリスかヨーロッパに行こう。そこでスノウは有名なバレリーナになるのだ。

痛むおなかを、不安がさらにしめつけた。スノウは、ブルドーザーにひっかけられたのではないだろうか？　スノウは、突進《とっしん》してくる人たちや大きな金属《きんぞく》の歯から逃《のが》れることができたのだろうか？　それとも……？

まさか。マケナは不吉《ふきつ》な考えを頭からしめだした。スノウはマザレ・バレーのみんなと同じように、ふんがいし、悲しんでいるだろう。きっと切《き》り傷《きず》やあざもこしらえただろう。でも、スノウなら、いつまでもへこんではいない。自由な精神を持っているスノウは、へこたれないのだ。

そのときマケナは、ベンツが停まっているのに気づいた。道路わきに、エンジンをかけたまま停まっている。テールライトの赤い光に照らされて土ぼこりが舞《ま》っている。バンパーには、ナンバープレートがついていなかった。

マケナは恐怖《きょうふ》に胸《むね》をしめつけられた。もし〈外交官〉があの車に乗っているなら、〈死に神〉も近くにいて、はぐれた子どもを探《さが》しているのかもしれない。

自分のように、まいごになった女の子を。

おとぎ話に出てくる怪物《かいぶつ》のように、巨大《きょだい》な影《かげ》が車のうしろからのびあがった。〈死に神〉は、かがみこんでドライバーと話していたのだ。

マケナは地面に伏《ふ》せて、かくれ場所をさがした。すぐに向こう側の道路に見おぼえがあることに気づいた。スノウと初めて出会って、いっしょにごはんを食べた、あの通りだ。見つからずにあそこまで行けば、屋台の下にかくれることができるだろう。あの屋台がまだあそこにあるといいんだけど。どっちにしても危険《きけん》がともなう。あの通りは、袋小路《ふくろこうじ》になっていた。〈死に神〉か〈外交官〉に見つかったら、逃《に》げ場《ば》がない。

〈死に神〉は、ドライバーに呼《よ》ばれて、またかがみこんだ。マケナは、低いへいのうしろをはって少しずつ進んだ。ついてる！　暗い陰《かげ》になったところに、この間の屋台がまだおいてあり、ビニールシートがかぶせてある。

あそこまで行くなら、今だ。マケナは腫《は》れあがった足でかけだした。ところが屋台はおぼえていた場所より、さらに遠かった。一歩一歩、ひと息ひと息が拷問《ごうもん》のように苦しい。ようやくそこまでたどりついたとき、マケナは闇《やみ》にかくれていた空《あ》き缶《かん》につまずいた。カーンという音が静まった通りにこだまし、ドラマーがたたくシンバルのように鳴りひびく。

マケナは屋台の下にとびこんだ。しばらくの間は、何も起こらなかった。それから、走ってくる足音が聞こえた。頭がクラクラする。心臓《しんぞう》がとびはねる。〈死に神〉に見られたのだろうか？

間もなく足音はゆっくりになり、こっそりと着実に近づいてきた。〈死に神〉がにやっと笑っているのも見えるような気がする。逃げる手立てがない。この足ではもうどこにも逃げられない。万事休すだ。

〈死に神〉は屋台まで来て立ち止まると、ビニールシートをはがし、手をのばしてきた。

16
火花の渦《うず》

　それより二十分ほど前、メルーとナイロビを結ぶ幹線《かんせん》道路で、ヘレン・スチュアートは電話を切ると、ぼさぼさのとび色の髪《かみ》をかきあげた。

「ってことね」〈ハーツ4《フォー》アフリカ〉のランドローバーの後部座席《ざせき》にすわっている仲間に声をかける。「寮母《りょうぼ》さんからの正式の通達よ。すでに満ぱいを超《こ》えてるし、能力《のうりょく》を超えてるし、いつもながらだけど予算も超えてますって。ベッドもソファも予備《よび》のマットレスもふさがってますって。これ以上は無理ってこと。帰りましょう。あなたはどうかわからないけど、わたしはもうくたくた。〈ザ・ベスト・ビュー（最高のながめ）〉でもいいから、早くチェックインしたいって気持ち」

　ナイロビの通りに立《た》ち並《なら》ぶホテルやレストランの突飛《とっぴ》な名前は、ヘレンとエドナ・ワホメをいつも笑わせてくれる。特に〈ザ・ベスト・ビュー〉は、笑える。にじ色に塗《ぬ》られたこのホテルから見えるのは、コンクリートのへいだけなのだから。

　ぐらぐらする赤と緑の鉄板を組みあわせた建物に、縞模様《しまもよう》の日よけがついている宿には、

〈ニュー・ボイリング・スープ・ホテル（熱々スープの新ホテル）〉と書いてあるが、どうしてそんな名前になったのだろう。二人はそんな推測《すいそく》をしてみるのが好きだった。

「前のホテルは、あまずっぱいスープが熱々じゃなくてぬるかったから、つぶれたのよ」エドナが言った。

エドナが好きなのは、〈エクセレント・モーテル（すばらしいモーテル）〉と、〈ザ・フォワード・シンキング・イン（前向きに考える宿）〉で、看板《かんばん》のスペリングもわざとのようにまちがっている。ヘレンは、楽天的な名前が気に入っている。〈ザ・ホテル・マジェスティック（威風堂々ホテル）〉は、空色のペンキを塗っただけの鶏小屋《とりごや》みたいな宿だし、〈ママ・アフリカズ・ファイネスト・スイート（ママ・アフリカの最高級スイート）〉は、軽量コンクリートブロックを重ねただけの三つの部屋に、花やライオンの絵がぞんざいに描《えが》かれている。〈ザ・ファンキー・モンキー・イン（いかれたホテル）〉は、二人とも気に入っていた。

ケニアのあちこちに行くたびに、二人は、どっちがいちばんへんてこな名前を見つけるかで競争する。他愛のない気晴らしだけど、笑顔になれる。この仕事は、チャンスを見つけて笑顔にならないとやっていけない。今週は特にそうだった。

月曜日の午前二時に、キベラのスラムにブルドーザーが何台もやってきた。土地の一部を買った開発業者が、更地《さらち》にしてほしいと依頼《いらい》したのだ。業者に土地を売った人は、お金をもらうと、住人たちに何も告《つ》げずに姿《すがた》をくらましていた。それで真夜中に、何の警告《けいこく》も予告もなく、住人たちは小屋から追い出されることになった。ヘレンとエドナが翌日《よくじつ》行ってみると、追い出された人たちは、わずかな持ち物を失ったことや、行き場所がないことをなげきながら、がれきの間を歩き回っていた。ヘレンとエドナは、そこで子どもたちのための給食プログラムを立ち上げるために三日間働いた。

今日は木曜日で、マザレ・バレーにもブルドーザーがやってきて、五十もの小屋が破壊《はかい》された。いつものことながら、いちばんの被害《ひがい》を受けるのは孤児《こじ》たちだ。エドナとヘレンは、特に女の子の孤児たちに手を差しのべようとしていた。

二人は、ケニアの忘《わす》れられた子どもたちのために、すでに十五年働いてきた。二人が出会ったのは、国際的《こくさいてき》な慈善団体《じぜんだんたい》だった。ヘレンは大学を出たばかりでイギリスからやってきて、すぐにアフリカが大好きになっていた。ケニア人のエドナは、看護師《かんごし》の資格《しかく》をとったばかりだった。

二人は、初めて会った日に意気投合した。二人ともさりげないユーモアが好きだし、不正をゆるすことができなかった。

二人とも、その慈善団体には間もなく失望した。苦労して集めた寄付金《きふきん》が、中古車で間にあうのにピカピカの新車を買うのに使われたり、スポンサー企業《きぎょう》のぜいたくなサファリ旅行に使われたりするのを見て、いやになったのだ。それに団体のトップは高額《こうがく》のボーナスをもらっていた。そんなお金があれば、多くの人に何年もの間、食糧《しょくりょう》や医薬品を供給《きょうきゅう》できるというのに。

孤児のための寄付金が職員《しょくいん》の昼食費に支出《ししゅつ》されていることで、上司と言い争ったあげく、ヘレンは慈善団体を辞《や》めることにした。エドナも同調した。その後、チャイを飲みながら、二人はだいたんな計画を考えだした。それは独自にケニアで孤児院を建て、子どもたちに希望をあたえるという計画だった。そのとき考えてエドナが紙ナプキンに書いた名前は、今、額《がく》に入れて事務所《じむしょ》の壁《かべ》にかざってある。「ハーツ4《フォー》アフリカ：少女たちの家」。スラム街で危険《きけん》にさらされる度合いは、女の子たちがいちばん高い。だから、そこから始めようと二人は思ったのだ。

ベッドが六つある最初の孤児院は、〈ニュー・ボイリング・スープ・ホテル〉くらい粗末《そまつ》な建物だった。二つ目は、使用禁止《きんし》になった建物だった。

ヘレンの父親のレイは、これを「核《かく》シェルター・プロジェクト」と呼《よ》んだ。十五年間やってきても、ヘレンはまだそれが、笑顔の女の子でいっぱいの明るい「家」に生まれ変わったことが信じられない。全員ではなくても、笑顔がもどった少女はたくさんいる。やってきたときは、みんな心に傷《きず》を負っている。それが日がたつうちにほぐれていくのだ。もちろん何年もかかる場合もある。

エドナもヘレンも、愛は細部に宿ることを信じていた。料理人のローズによる栄養《えいよう》たっぷりの食事、小さいけれどいい本が並《なら》ぶ図書室、みがいた木の床《ゆか》、窓辺《まどべ》からあふれるプラム色のブーゲンビリアなどが、その「細部」だった。

最初の年、ヘレンの両親がスコットランド高地からやってきて、キャンプをしながら二か月を過《す》ごした。エドナの兄やいとこも手伝ってくれたので、がれきとゴミと汚物《おぶつ》だらけの二エーカーの土地は、花でいっぱいの庭になり、そのまま今に至《いた》っている。

それ以来、ヘレンの両親は一年おきにやってきた。孤児院《こじいん》には、おんぼろソファにおいたタータン模様《もよう》のクッションとか、小径《こみち》に沿《そ》って植えたラベンダーなど、スコットランド風のものがふえていった。ヘレンの両親は、アフリカのものをスコットランドに持ち帰りもした。ローズは、ヘレンの母親にアフリカの料理を教えたし、エドナのいとこは、レイに木を彫《ほ》るやり方を教えた。

〈ハーツ4《フォー》アフリカ〉の運営《うんえい》は、心の痛《いた》むことも多いが、大きな喜びももたらしてくれた。かつての孤児のうち二人は、最近ナイロビ大学を卒業していた。それでも、エドナとヘレンは、ひとりの孤児を救い出したとしても、その背後《はいご》にはまだ何十万人もの孤児たちが待っていることを忘《わす》れたことはない。

だから今夜も、これまでと同じように、もう少し探《さが》そうと思ったのだった。

「わたしだってくたくた。でも、もう一回マザレ・バレーをまわってみましょう。コレラが流行してるのも心配ね。救えるはずの病気の子が見つかるかもしれないから」

「だけど、どこに寝《ね》かせればいいの？」ヘレンがきいた。「庭のテントの中ってわけにもいかないでしょ。ああ、いい考えが……」

「図書室よ！」

二人は思わず声をあわせると、笑いだした。長年つきあっていると、相手の言葉の先が言えるようになる。

「まったくこまった人たちだ」〈ハーツ4アフリカ〉のドライバーをしているタンボが言った。

「だから、孤児院がいつも定員オーバーになるんですよ」

ヘレンは耳を貸《か》さなかった。

「だれかが寄付《きふ》してくれたハンモックがあったわね。あれをつるしましょう。型《かた》やぶりだけどロマンチックな寝室《しんしつ》になるわ。物語に囲まれて眠《ねむ》るなんて、いいじゃないの。寮母《りょうぼ》さんには、どっちが話す？　くじ引きで決める？　わたしは勇気がないな」

「なら、わたしが話すわよ。わたし、ワンジルはこわくないもの」エドナが言った。


マザレの通りには、こぼれたヒエ、子どものティーシャツ、三本脚《あし》の椅子《いす》など、新たに家をなくした人たちの残骸《ざんがい》がちらばっていた。

「こんなことをする警察《けいさつ》や開発業者の体の中には、心臓《しんぞう》のかわりに計算器でも入ってるんでしょうね。ただでさえ無一文の人たちをこれ以上ひどい目にあわせるなんて、よっぽど意地悪じゃないとできないことよ。追い出された子どもたちは、どこで夜を過《す》ごすの？　ほかに行くところなんてないのに」と、ヘレンが言った。

エドナは、ヘレンを見やった。疲《つか》れきった顔をしている。もう何度もくり返された会話だ。エドナは、戦争が終わり、干魃《かんばつ》がおしまいになり、政府が汚職《おしょく》を一掃《いっそう》するまで、同じ会話がつづくのを知っている。

「あなたは、孤児《こじ》たちにとてもよくしてるわ、ヘレン。いつか自分の子どもを持ちたいとは思わないの？　前はよくそう言ってたでしょ」

「ぴったりのだれかに出会ったらね。自分の子どもを持ちたいとは思うけど、そんなことがあるとも思えないの。三十八歳《さい》にもなると、時間が過《す》ぎるスピードはどんどん速くなるみたい。養子《ようし》も考えるけど、こんなにたくさん孤児がいるのに、ひとりを選ぶのは、ほかの子どもたちに申しわけない気がするのよ」

「わたしの経験から言うと、それはぎゃくよ」すでに三人の孤児を養子にしているエドナが言った。「選ぶのは子どもたちのほうなの。ちょっと恋《こい》に落ちるのに似《に》てるかも。ぐるっと見わたすと、つながりを感じる子がいるの。相手もそれを感じてたら、おたがいに離《はな》れられなくなるのよ」

「ずいぶんかんたんに言うわね」

「むずかしいことばかりじゃないのよ」

ヘレンの電話が鳴った。メッセージを見て、ヘレンは眉《まゆ》をひそめた。

「だいじょうぶ?」エドナがたずねる。

「どうかな。母さんのぐあいがよくないから、父さんが心配してるみたい。父さんらしくないでしょ。スコットランドでもスワヒリ語が使われていれば、父さんのミドルネームはハクナマタタなのにね。レイ・ハクナマタタ(心配いらない)・スチュアートってね」

エドナにも、それはわかった。レイとヘレンの母親がある年のクリスマスを孤児院で過ごしていたとき、毒ヘビのコブラが食料庫に入りこんだ。レイは、落ち着いてほうきでコブラの首をおさえると、持ち上げて袋《ふくろ》に入れた。そしてナイロビの郊外《こうがい》まで運んでいって放したのだ。

その出来事は、今では孤児院の伝説の一部になっている。レイは、なぜみんながさわぐのか理解《りかい》できなくて、「どっちかというと、コブラの動きはおそい。だから何の危険《きけん》もないんだよ」と言ったそうだ。

ヘビが大きらいなエドナは、思い出すだけでもぞっとしていた。

「お母さんが病気なら、スコットランドにもどらないといけないんじゃないの?」エドナがきいた。

「さあね。母さんは、そのうち元気になるって言うんだけど、父さんの話を聞くと心配になるのよね。明日の朝、電話してみるね。もしスコットランドにもどることになったら、あなたひとりでやっていけそう?」

「そうなったら、セレナに手伝ってもらうわ。あの子なら、しっかりやってくれるでしょう」

セレナは、この孤児院《こじいん》のサクセスストーリーの一つだった。八歳《さい》で両親と片足《かたあし》を失っていた。〈ハーツ4《フォー》アフリカ〉を始めてすぐに、ヘレンとエドナは、セレナを見つけた。そのときセレナは、コロゴチョというスラム街の犯罪《はんざい》多発地区で物乞《ものご》いをしていた。それが今は二十三歳になり、経営学《けいえいがく》の学位を持ったエレガントな女性《じょせい》に育っている。左足は義足《ぎそく》だが、孤児や職員《しょくいん》とサッカーをするときは、それが有利《ゆうり》にもなっている。

「そうよね」あたりを見回していたヘレンは上の空で答えた。「セレナなら、きっとだいじょうぶね」

それからとつぜん前に身を乗り出すと、指さした。

「ほら、見て。あそこ。みんながうわさしてたベンツよ。ナンバープレートがないでしょ。夜中にマザレ・バレーで停まってるなんて、悪事を働いてるに決まってる。エドナ、刑事《けいじ》の友だちに電話してよ。捜査員《そうさいん》をよこす気になるかもしれないわ」

話しているうちに、ベンツはエンジンをかけ、走りだした。エドナはそれでも警察《けいさつ》に電話をした。

タンボが運転する車の中から、ヘレンは闇《やみ》に向かって目をこらしていた。病気の子や見捨《みす》てられた子がいはしないかと見ているのだ。これまでにもゴミ容器《ようき》など、信じられないような場所にかくれている女の子を見つけたことがある。

タンボが急ブレーキをかけながら言った。

「あれは何だ？　あそこの通りに、ほら。あの男は、〈死に神〉じゃないかな」

「〈死に神〉？」

「よくうわさに出てくる頭の弱い大男だよ。悪いやつに、きたない仕事をさせられてるんだ」

大きな図体の男が、シートのかかった屋台のそばにかがみこんでいた。立ち上がったところを見ると、二メートル以上ありそうだ。車が停まったのに気づくと、大男は、びっくりするほど敏捷《びんしょう》に壁《かべ》をとび越《こ》して逃《に》げた。

エドナは今見たことを刑事の友だちに告《つ》げると電話を切った。もうくたびれ果てている。

「ねえ、もう今夜はできるだけのことはしたと思わない？　もどりましょうよ」

車が動きだした。

ヘレンが窓《まど》をたたいて言った。

「待って！　タンボ、ちょっとだけもどってくれる？　何か見えた気がするの。キツネかしら？」

タンボが鼻で笑って言った。

「ナイロビにキツネはいないよ。二本足のやつなら別だけどね。きっと野良犬でしょう。孤児院のペットも、これ以上ふやすわけにはいかないよ。すでに犬が二ひき、ネコが三びき、ウサギも一ぴきいて、動物園みたいになってるんだから」

ヘレンは、自分が何を見たのか、さだかではなかった。キツネに似《に》ていたが、気になったのは、それが屋台の下から出てきたとき、うしろに火花の渦《うず》のようなものが見えた気がしたからだ。光のぐあいでそう見えただけだとしても、とてもふしぎだった。

「タンボ、キツネだかなんだかを引きとるつもりはないわ、ただ、あの屋台をちゃんと見たほうがいいと思ったの。〈死に神〉は、あそこにいる何かか、だれかを痛《いた》めつけようとしてたんじゃないかと思うのよ」

「わかった。見てみましょう」エドナも賛成《さんせい》した。「すぐにすむことだしね」

車は屋台のある通りに入り、タンボは車を停めたが、エンジンは切らなかった。車をおりると、ヘレンの肌《はだ》がひやっとした。懐中電灯《かいちゅうでんとう》を持って、しんちょうに屋台に近づく。キツネの姿《すがた》は消えていたが、けがをした連れあいか子ギツネが残されているかもしれない。それに、さっきチラチラしていた光はなんだったのだろう？

ヘレンはひざをついて、シートを持ち上げた。アーモンド形の目を恐怖《きょうふ》に見開いたやせた少女が、懐中電灯の光を避《さ》けるように身をすくめた。ガラスのビンをぎゅっとつかんでいる。

「こわがらないで。助けに来たのよ。ひどい目にあわせたりしないわ。もう安全よ」ヘレンはそっと言った。

少女の手は凍《こお》るように冷たかった。ヘレンがだき上げると、骨《ほね》と皮だけなのがわかった。それでも、少女の心臓《しんぞう》に耳をあてると、しっかりした鼓動《こどう》が感じられた。

エドナもかけつけた。タンボはその場にとどまって車を守っている。あたりにはだれもいないように思えるが、スラム街では何があるかわからない。ムンギキは、下水管《げすいかん》や下水溝《げすいこう》に身をひそめていて、あっという間に車からタイヤやホイールキャップや売れそうな物をはずすと、次の瞬間《しゅんかん》には消え失せる。

ヘレンとエドナは、四輪駆動車《くどうしゃ》の後部に用意してあった毛布《もうふ》の上に少女を寝《ね》かせた。少女は、頭を毛布につけるとすぐに、意識《いしき》を失った。ここまで必死にがんばってきて緊張《きんちょう》がゆるんだのかもしれない。少女の手からガラスビンが落ちた。

ヘレンが、割《わ》れる前にそれを受け止めた。ふしぎなことに、ビンの中は空っぽだった。厚紙《あつがみ》をちぎったラベルには、「雪を入れてね」と書いてあった。

ビンから少女に目をうつしてじっと見たとき、ヘレンの世界がぐらっとゆらいだ。

「エドナ、病院に電話をしてくれる?」ヘレンの声は弱々しかった。「コレラの疑《うたが》いがある子がいるって伝えて。気を引きしめてかからないと。今夜は、一つの命を救えるかどうかの勝負になりそうよ」

17 ハッピーエンドは本の中だけ？

夢《ゆめ》の中でも、マケナの大好きな人たちは、いつも去っていった。そして、傷《きず》つけようとする人たちは、いつまでもとどまっていた。ムンギキとハイエナは、まざりあって両方の特徴《とくちょう》を持つようになった。ドレッドヘアのハイエナがチャンガーをつくっていたかと思うと、赤い目をしたムンギキが森の中をうろついていた。そして悪夢《あくむ》の中では、両方が牙《きば》をむき、群《む》れをなしてやってくるのだった。

また別の悪夢では、マケナは屋台の下にいて、シートの下に手をのばしてくる〈死に神〉から顔をかくしていた。プリシラが、生肉を山のようにのせた大皿をつき出したこともある。熱に浮《う》かされた幾晩《いくばん》もの夢の中で、マケナは逃《に》げだして両親やスノウを探《さが》すのだが、見つからなかった。

「見つかるわけがないさ。幽霊族《ゆうれいぞく》は目に見えないんだ」車の窓《まど》から乗り出した〈外交官〉が言った。

「ウソよ。電話番号がちがうのよ」マケナはどなった。

四日目の午後になると、暗い悪夢《あくむ》の間に、あたたかさと愛が差しこんでくるような気がした。ハイエナたちはいなくなり、マケナはママの友だちのルーカスと水の中にいた。ルーカスは、冷たい緑色の洞穴《どうけつ》に魚と暮《く》らしていた。

「ママが恋《こい》しくてたまらないの」マケナはルーカスに言った。

「ぼくもだよ。でも、もしきみのママがここにいたら、息をして、本を読んで、山に登ることをつづけてって、きみに言うだろうな。いつかはたどりつけるんだ。さあ、ぼくといっしょに息をしよう」

「どうやって？」マケナはきいた。「水の中の洞穴にいるのに？　あたし、まいごになって、出口がわからなくなっちゃう」

「上を見てごらん。思いきって足を蹴《け》るんだ。そして光に向かって泳ぐんだ」

マケナはハッとして目をさました。そこは小さな図書室で、本に囲まれていた。窓辺《まどべ》のひじかけ椅子《いす》には、女の人がちんまりとすわって本を読んでいる。午後の光が窓から差しこみ、その女の人のもつれた髪《かみ》を燃《も》えあがらせている。マケナの意識《いしき》がもどったことに気づくと、女の人はすぐに体を起こし、小説本は床《ゆか》に落ちた。

女の人はにっこり笑うと、イギリスのアクセントで何か言ったが、マケナにはわからなかった。

女の人が近づいてきた。

「ハンモックでごめんなさいね。ベッドがあいてないの。のど、かわいてる？　かわいてるわよね。すごく熱が高かったもの。水を持ってくるわね」

女の人はドアのほうに歩いていきかけた。マケナは、パニックに襲《おそ》われた。ハンモックの中で起き上がろうとすると、胸《むね》に痛《いた》みが走った。

「行かないで！　ひとりにしないで！」マケナはさけんだ。

女の人はあわててマケナのそばにもどってきた。

「ひとりになんかしないわ。ニナクペンダ（スワヒリ語で「大好きよ」の意味）。いつもそばにいるからね。約束するわ」

それから、あたりはもやに包まれ、マケナは否応《いやおう》なくそのもやに飲みこまれてしまった。

そのあとは、悪夢を見ても、そうひどいことにはならなかった。夢《ゆめ》の中にキツネがしばしばあらわれるようになり、マケナは一度、ケニア山のふもとのタンブジ・バラ園にもどった夢を見た。マケナはママと手をつないで、発送作業をする小屋の中を歩いていた。朝には、ここにあるバラが飛行機に乗って、王女やポップスターや大統領《だいとうりょう》のもとへ運ばれるのかと思うと、ふしぎな気がした。マケナはケニアを出る手段《しゅだん》を持っていないのに、バラのほうはロンドンへなり日本へなり、遠いところまで運ばれていく。

バラには、レディキラーとか、忍耐《にんたい》とか、慈善《じぜん》とか、カフェラテなどという名前がついていた。ピンク色とサーモン色とアプリコット色のフリルになったはなやかなバラには、モナコ公《こう》妃シャルレーヌという名前がついている。マケナは、一つのバラからまた別のバラへと、絹のような花弁に鼻を近づけて香りを楽しみながら見てまわった。ジャスミン、もいだばかりのリンゴ、ラズベリー、バニラ、昔風のお菓子など、いろいろな香りの花があった。

マケナの心臓は、ぴょんぴょんはずんでいた。なんて幸せなんだろう。

でも、立ち上がったとき、ママの姿は消えて、そばにはかがやくキツネがいた。そのキツネは、言葉を使わずマケナの心に語りかけた。

「マケナ、きみのそばを離れないよ。ニナクペンダ。きみのことが大好きなんだ。いつもそばにいるからね。約束するよ」

♥♥

それから六日後、マケナはすっかり意識をとりもどした。さまざまな色の本が目にとびこんできた。窓辺の椅子にすわっていた燃えるような髪の女の人はいなくなっていた。かわりに、ケニア人のエレガントな若い女の人がいて、携帯電話にメッセージを打ちこんでいた。

「看護師さんはどこ?」マケナはたずねた。ひさしぶりに出す声はしゃがれていた。

女の人が急いで立ち上がると言った。

「目がさめたのね! よかった。一時はどうなることかと思ったのよ」

女の人はにっこり笑いながらハンモックに近づいてきた。

マケナは笑顔を返さずにきいた。

「あの人はどこにいるの？」

「ヘレンのことね。あなたを見つけてからずっと、そばについてたのよ。あの椅子で眠《ねむ》ってね。ヘレンとエドナは〈ハーツ4《フォー》アフリカ〉の責任者《せきにんしゃ》なの。あなたを助けだしたのはその二人よ。わたしも、もう何年も前に二人に助けだされたの。二人は、このすばらしい孤児院《こじいん》の責任者よ。わたしも、ここのスタッフで、名前はセレナ」

「だけど、ヘレンはどこなの？」マケナは言いつのった。「そばを離《はな》れないって言ってたのに。呼《よ》んでくれる？」

セレナは気まずそうな顔になった。

「それはできないのよ。留守《るす》にしてるから」

「いつもどるの？」

「しばらくはもどらないわ。スコットランドに帰らないといけなくなったの。そこに実家があるのよ」

マケナは、怒《いか》りにかられた。書棚《しょだな》の本の間には、みすぼらしいラベルのついた空っぽのジャムのビンがある。そのとなりには、両親の写真もかざってあった。だれかが額《がく》に入れてくれたようだ。両親やスノウと同じように、ヘレンもずっとそばにいると約束してくれたのに。マケナは、その約束をちゃんとおぼえている。それなのに、ヘレンもいなくなってしまった。

「ハッピーエンドになるのは、本の中だけなのよね。実際《じっさい》には、そんなこと起こらないんだ。みんな大ウソなんだね」マケナは怒《おこ》って言った。

セレナが手をのばしてマケナの手をにぎろうとした。でも、マケナはその手をふりほどいて毛布《もうふ》の下につっこんだ。

「そんなことないわ。ここに来たことがハッピーエンドの一つでしょ。あなたは死んでたかもしれないのよ。コレラにかかってたの。ヘレンとエドナのおかげで、これからも生きていけるんじゃないの」セレナが言った。

マケナはセレナをにらんだ。

「あなたにはわからないのよ。生きていたくなんかないの。死なせてくれたほうがよかったのに」

「つらいことがいっぱいあったんでしょ。ここに来る多くの女の子たちが、同じように思うのよ。でも、わたしたちにもチャンスをちょうだい。そのうちにきっと……」

「そんなにハッピーエンドがいっぱいあるとすれば、スノウはどこにいるの？」マケナはきいた。「あたしの友だちのスノウよ。スノウは見つかったの？」

「アルビノの女の子のことよね？　あなたが寝言《ねごと》で話してたってヘレンが言ってた。その子のことも心配してるわ。いくつかたずねてみたんだけど、今のところはまだわからないの」

「あたしのママとパパは？　時間をもどして、返してくれる？」

「いいえ。でも……」

「約束してたヘレンはここにいるの？」

「いいえ。でも……」

「だったら、だれかがあたしを養女《ようじょ》にすると思う？」

「もちろん家族になる人を探《さが》すわ。だけど四、五歳《さい》を過《す》ぎると……」

「そうよね。だれも十二歳の子なんてほしがらないもんね」

「むずかしくはなるけど、だからって……」

「もういい。だれにもたよらない。みんないなくなるから。おとなはみんなそう。いなくなるの。友だちも。みんなどこかへ行ってしまう」マケナは言った。

長い沈黙《ちんもく》がつづいた。それからセレナはくたびれたような声で言った。

「何か食べないとね。スープを持ってきましょうか？」

マケナはそっぽを向いて、返事をしなかった。

18 住めるのはシロクマだけ

——それから半年後のスコットランドのインヴァネス

「マケナ、覚悟《かくご》はいい？　ここはアフリカじゃないのよ」

マケナは、しかめっつらをスカーフでかくした。ここがアフリカじゃないことくらい、わかっている。ケニア航空《こうくう》の飛行機がヒースロー空港の雨に濡《ぬ》れた滑走路《かっそうろ》に着陸したときから、はっきりしている。そこで何時間も待ってから、嵐《あらし》にあっておくれた別の飛行機が、マケナをスコットランドのインヴァネスまで運んできたのだ。インヴァネスと比《くら》べれば、ロンドンは熱帯の楽園のように思えた。

今、マケナは、ナイロビの両親の家にあった冷凍庫《れいとうこ》の中みたいな寒気にさらされていた。暑い日には、マケナは冷凍庫の中をあさって、こっそりママがつくったアイスクリームをなめるのが好きだった。

そんなことを思い出すと、また涙《なみだ》があふれてきたが、これから一か月の間マケナをあずかるヘレン・スチュアートは、それには気づかないみたいだった。さっき暗い駐車場《ちゅうしゃじょう》に停めた古いジープまで風にさからって歩いていたとき、ヘレンはぎゅっとだいてくれたように思ったけど、あれは偶然《ぐうぜん》かもしれない。

「残念ながら、わたしは二種類の気温しか知らないのよ。北極に近い場所のとても寒い気温と、とても暑い気温ね」ヘレンはエンジンをかけながら言った。「上着を着ててね。そのうち暑くてがまんできなくなったら脱《ぬ》げばいいから」

上着と、フリースと、タータン柄《がら》のマフラーは新品だった。ジーンズもだ。ロンドンまでは、〈ハーツ4《フォー》アフリカ〉のボランティア、ギータが、マケナについてきてくれた。その先は英国航空の「子どものひとり旅」担当《たんとう》乗務員に託《たく》してくれた。そのギータが、綿《めん》の長そでシャツ二枚《まい》を着せ、レギンスもはかせてくれた。でもそれだけではスコットランドの冬には立ち向かえないらしい。ヘレンは、袋《ふくろ》いっぱいにつめた防寒《ぼうかん》衣類を持ってきていて、空港を出る前に着がえるようにと言《い》い張《は》った。

ヘレンは、マケナの記憶《きおく》より年をとっていたし、肌《はだ》ももっと白かった。といっても、最後に見たのは半年前だし、そのときはマケナの意識《いしき》も、もうろうとしていたのだ。その後ヘレンは、スコットランド高地の絵ハガキをマケナに送ってきたが、マケナはちゃんと読む気になれなかった。スコットランドのみじめな天候《てんこう》のことや、鳥やシカを見たなんていう、のんきなおしゃべりばかりで、どうしてとつぜんヘレンがいなくなり、どうしてもどってこないのかについては何も説明がなかったからだ。

「家族のことでいろいろあって」としか、エドナも言わなかった。

エドナと、セレナと、寮母《りょうぼ》さんのワンジルは、マケナの母親がわりになってくれた。きびしい寮母さんもふくめ三人ともいい人だったが、マケナはだれとも親しくなりすぎないように注意していた。最良の人たちでさえ、守れない約束を平気でするからだ。

ママは、シエラレオネからすぐにもどるから「さびしがってるひまなんかないわよ」と、言っていた。

「もう安全よ」と、ヘレンも言っていた。「いつもそばにいるからね。約束するわ」と。

それなのに。

もしかしたら、ヘレンは孤児院《こじいん》の責任者《せきにんしゃ》だから自責の念にかられて、クリスマスにスコットランドに来るようマケナをさそったのかもしれない。どうして、ことわらなかったのかはマケナにもわからない。ババがよく話していた場所を見てみたいという好奇心《こうきしん》のせいかもしれない。でも、ヘレンとは親しくなりすぎないようにしないと。こっちが変に気づかったりしなければ、おとなに傷《きず》つけられることもないのだから。それは、はっきりしている。

友だちについても同じことが言える。マケナとスノウは、まるで切っても切《き》り離《はな》せないふたごみたいに仲がよかった。それなのに、スノウは何の痕跡《こんせき》も残さずに消えてしまった。エドナとセレナが手をつくして探《さが》してくれたけど、スノウは、地球上から姿《すがた》を消してしまったみたいだった。「亡《な》くなったのかもしれんな」と、刑事《けいじ》がエドナに話しているのも、マケナは小耳にはさんでいた。

「信じられないけど、わたしったら、やだわ。手袋《てぶくろ》を忘《わす》れてきちゃった」ヘレンがためいきをついた。

ヘレンは、マケナの褐色《かっしょく》の手を自分の白い手で包みこんでこすってくれたが、マケナは当《とう》惑《わく》して手をひっこめた。

「だいじょうぶです」

「熱いココアはどう？　わたしのおばあちゃんの秘密《ひみつ》のレシピよ。コップを両手で持ってると、凍傷《とうしょう》を防《ふせ》げるわ」ヘレンは明るい声で言うと、保温《ほおん》ボトルを差し出した。

マケナは答えなかったが、ヘレンはコップにココアを入れてくれた。手がふるえているところを見ると、ヘレンも緊張《きんちょう》しているらしい。声までふるえている。

「マケナ、会えてほんとうにうれしいわ。遠いところから来てくれて、ありがとう。きっと、くたくたよね。ゆっくりくつろいで、しっかり眠《ねむ》ったら、休暇《きゅうか》を楽しんでもらえるといいんだけど。冬はお天気が悪いから観光客はスコットランドに来ないけど、冬の見所だってあるのよ」

ヘレンは大きく息を吸《す》うと、また言った。

「さあ、出発しましょう。じゃないと、二人とも雪像《せつぞう》になっちゃうわ」

ヘレンがジープのギアを入れて発進させてすぐに、サイドミラーに映《うつ》った光がマケナの目をとらえた。駐車場《ちゅうしゃじょう》の低いところを何かがすばやく動いたのだ。まるで流れ星のように光の尾《お》を引いていた。

「止まって！」マケナは大声でさけんだ。

ヘレンが急ブレーキをふんだ。フロントガラスとマケナの服にココアが飛び散った。

「まあたいへん。ごめんなさい。火傷《やけど》しなかった？」

そう言うと、ヘレンは、マケナの服をティッシュでごしごしこすった。

「わたしはだいじょうぶ。だいじょうぶです」

マケナは、ティッシュの箱を手にとって、自分で上着をふいた。スコットランドに着いてまだ一時間にもならないのに、もうこんなことになってしまった。来るべきではなかったのだ、という気がした。

「新しい服がだめになっちゃった。あたしのせいです」マケナは、声を張《は》りあげた。

でもヘレンは悲しんでも怒《おこ》ってもいなかった。笑顔だった。

「バカなこと言わないで。洗濯機《せんたくき》に放りこめば、朝までにはきれいになってかわいてるわ。わたしが、ふたのないコップをわたしたのがいけなかったのよ。それに、あなたは事故《じこ》を防《ふせ》いでくれたんだもの。ところで、この車がひきそうになったのはなんだったのかしら？」

ヘレンは体をひねって、空っぽの駐車場を見わたした。

「何を見たの？」

「よくはわからないけど」マケナは、幻覚《げんかく》に襲《おそ》われたとは認《みと》めたくなかった。「何かがいたんです。たしかに見たんです」

19 サイレント・ナイト

　マケナは、飛行機に乗っている間じゅう、ヘレンの家がどんななかを思《おも》い描《えが》いていたので、ひと目見たとたんにわかる気になっていた。孤児院《こじいん》のヘレンの部屋には、シングルベッドと、地味なラグと、絵が一枚《まい》と、聖書《せいしょ》と、ページを折った本が何冊《さつ》かおいてあるだけだった。セレナがその部屋に越《こ》してくる日に、のぞいてみたのだ。〈ハーツ4《フォー》アフリカ〉の共同責任者《せきにんしゃ》が、ひと部屋でつつましく暮《く》らしていることに、マケナはびっくりした。エドナのほうは同じ敷地《しきち》に建っている小さな家で暮らしているが、エドナには夫も三人の子どももいる。

　そうはいっても、イギリスでは事情《じじょう》がちがうことくらい、だれでも知っている。マケナだって、すべてのイギリス人がお城《しろ》やりっぱな大邸宅《だいていたく》に住んでいると思っているわけではない。だけど、ヘレンのスコットランドの家は、もっと大きいはずだ。

　たぶん、その家はクリーム色に塗《ぬ》ってあって、長くカーブした私道《しどう》の先にあり、円柱にはさまれて深緑色の玄関《げんかん》ドアがあるはず。中には、きっと図書室もある。ヘレンは、マケナと同じように本が大好きだと聞いているから。キッチンにはハム（マケナは、ハムやハギスのことはなるべく考えないようにしていたけれど）やニンニクの玉がぶらさがっているだろう。居間《いま》はきちんとかたづいていて、アンティーク家具やビロード張《ば》りのひじかけ椅子《いす》がおいてあるはず。そしてマケナとヘレンは、パチパチはぜる暖炉《だんろ》の前で紅茶《こうちゃ》を飲み、クリーム・スコーンを食べるのだ。

インヴァネス市を出るとちゅうに、ちょうどそんな家があった。窓辺《まどべ》に灯《あか》りがともっていた。でも、ヘレンはそこを通《とお》り過《す》ぎ、夜の闇《やみ》の中へと車を走らせた。郊外《こうがい》も、店が一つしかない村も通《とお》り過《す》ぎると、何もないわびしい風景がつづいた。

交通量がぐっとへり、しばらくの間、車も人も見ることがなかった。それから二台の大型トラックが轟音《ごうおん》を立てながら坂をのぼってくると、すれちがうときに突風《とっぷう》を起こし、ジープは今にも道路から転げ落ちそうにゆれた。最初のトラックの運転席がちょっとの間、ジープのヘッドライトに照らされた。ドライバーはハンドルの上にかがみこみ、集中しているのか口をぎゅっと結んでいた。

あれは人間だったのだろうか？　それともトコロッシュ？　マケナはいぶかった。太陽のかがやくアフリカよりは、スコットランドのほうが、悪さをする妖怪《ようかい》がいてもふしぎはない。橋の下には、トロルといっしょに待《ま》ち伏《ぶ》せしている水の妖怪もいそうだ。睡魔《すいま》と戦うドライバーにおだてられて、長距離《ちょうきょり》トラックのハンドルをにぎるトコロッシュだっていそうだ。見返りにチョコレートやハギスを要求するのかもしれない。

トコロッシュについて考えていたマケナは、ママやサムソンおじさんとナニュキまでドライブしたときのことを思い出した。あのころは、何もわかっていなかった。両親の愛に守られ、明るい未来が、頭上の青空のようにどこまでも広がっていた。

マケナは、後部座席《ざせき》でぴょんぴょんはね、(そのころはよくとびはねていたっけ)、もうすぐ山に冒険《ぼうけん》に出かけることができると思って期待に胸《むね》をふくらませていた。ママがとちゅうでバラ園によっていこうと言ったときは、ムッとしたんだっけ。そうしたらママに「いつもそんなふうに急いでると、目の前のものを見逃《みのが》してしまうわよ」と言われたのだ。

ママの言ったとおりだ。マケナはこれから先のことばかり考えていて、ほかのことには注意を向けていなかった。もしママがちがうタイプの人だったら、バラ園には立ちよろうともしなかっただろう。マケナがバラの香《かお》りをかぐこともなかったはずだ。

それから何日かして、両親はもう帰らぬ人になったことがわかり、その後マケナはプリシラのところにあずけられた。

少女たちの家で元気をとりもどしたあと、マケナは、エドウィンおじさんに電話をしてみた。セレナが、孤児院《こじいん》の電話を使っていいと言ってくれたのだ。

スラムにひと月いた間、マケナはうしろめたい思いにかられていた。トラックのドライバーを説得して、前に住んでいた家の前でおろすよう言ったのは、だましたみたいでよくなかった。ティンさんのところに行く気になれないと、エドウィンおじさんに言うべきだった。

おじさんは、めいのマケナが友だちの家にいないと知って、警察《けいさつ》に電話をしたかもしれない。そして、刑事《けいじ》たちがナイロビじゅうをもう何か月も捜索《そうさく》しているのかもしれない。ひょっとしたらプリシラだって、マケナが去ってから後悔《こうかい》しているかもしれない。プリシラもエドウィンおじさんも、最悪の事態《じたい》を恐《おそ》れて、とても心配しているかもしれない。

ついに電話をかけることができたとき、最初の呼《よ》び出《だ》し音でエドウィンおじさんが出た。うしろで、赤ちゃんが泣いている。

「ああ、マケナ。おまえか」おじさんは、うれしくないような声で言った。「今まで連絡《れんらく》しなくて悪かったな。でも、こっちは、あれからたいへんだったんだ。地獄《じごく》を見るような思いだったんだよ」

マケナは、最悪の事態を予想《よそう》した。もしかして、子どものひとりが不治《ふじ》の病にでもかかったのだろうか？　おじさんが仕事をクビになって、家族は極貧《ごくひん》にあえいでいるのだろうか？　それともプリシラが子どもたちを捨《す》てて、秘密《ひみつ》の友だちとかけ落ちでもしたのだろうか？　おじさんが不治の病に苦しんでいるのだろうか？

エドウィンおじさんは、かすれた声で言った。

「プリシラが家を出ていったんだ。わたしと子どもたちを残してな。金持ちの弁護士《べんごし》にたぶらかされたんだよ。そいつは、バツイチのひどい男なんだがな。前の奥《おく》さんを、さんざんなぐっていたそうだ。わたしのせいで、プリシラはまともに考えることができなくなっていたんだな。

まともに考えられるようになったら、もどってくるはずだ。早くもどってきてほしいよ。わたしと子どもたちだけでは、やっていけないからな」

「気の毒に」マケナは、本心からそう思った。

赤ちゃんが金切り声をあげた。おじさんは電話を持ったまま、乳母車《うばぐるま》のほうへ行き、おもちゃをピイピイ鳴らしたり、ベルをリンリン鳴らしたりした。

マケナは受話器を耳から遠ざけた。赤ちゃんが静かになると、おじさんが電話口にもどってきた。疲《つか》れきったような声だ。

「そっちはどうだい、マケナ？　きみを送っていったドライバーは、大きな家だと言ってたぞ。そして、おまえをむかえに出てきた人は、金持ちの政治家みたいな服を着てたっていうじゃないか。芝生《しばふ》も、ゴルフ場みたいにきれいに手入れされてるらしいな」

「そう。あたしは運がよかったの」マケナは言った。

〈ハーツ4《フォー》アフリカ〉の少女たちの家にいられるんだから、運がいいにちがいない。マケナは路上から救いだされたが、スラムには、まだ数えきれないほど多くの子どもたちがいる。

「そろそろプリシラも、もどってくるだろう」おじさんは、もごもご話しつづけた。「だから、しばらくの間は、ここには電話しないほうがいいぞ。プリシラがまたおびえるとまずいからな。用があるときは、修理《しゅうり》工場のほうにメッセージを入れてくれ」

「うん、それじゃあね、おじさん」

「元気でな」

マケナは電話を切った。カラスに中身をつつかれて、木から落ちたハトの卵《たまご》みたいに、空っぽになった気分だった。

★

ヘレンの家までのドライブは、終わりがないように思えた。

ジープは、うなりながら丘《おか》をのぼり、きしみながらヘアピンカーブを曲がった。とうとう山道の向こうに農場のゲートが見えてきたころには、マケナは疲《つか》れ果《は》ててぐったりしていた。ゲートの向こうに、地味な石造《いしづく》りの小さな家が見えた。ヘッドライトの光で、煙突《えんとつ》の煙《けむり》が強風にあおられてジグザグに立ちのぼっているのが見える。ギシギシ音を立てている板には、「グレート・エスケープ（大脱走）」と書いてある。

「その名前は、わたしの母さんが思いついたのよ」ヘレンが笑いながら言った。「わたしの両親はロンドンで何十年も、たいくつなありきたりの仕事をしてきたの。それからとつぜん、ひらめいた、というか、啓示《けいじ》を受けて、何よりやりたいのは、山に囲まれた自然の中で、好きな仕事をすることだって思ったのね。それでそそくさとロンドンを脱走《だっそう》することにしたのよ」

ヘレンが、ゲートをあけるためにジープから飛びおりると、氷のように冷たい風が入ってきた。ジープにもどったヘレンは深刻《しんこく》そうな顔をしていた。

「マケナ、言っとかなきゃいけないんだけど、わたしの母さんは、六月の末に亡《な》くなったの。だからわたしは孤児院《こじいん》のあなたのそばを離《はな》れて、急いでスコットランドにもどらなくちゃならなかったわけ。それ以来、父さんのようすも前とはちがってしまったの。母さんの死にショックを受けたのね。軽い発作《ほっさ》に襲《おそ》われて、話すことができなくなってるの。お医者さんは医学的な原因《げんいん》はないと言ってるんだけどね。原因が何であれ、父さんは話すことができないの。もっと正直に言うと、それだけじゃなく、できることが少なくなってるの。わたしが言いたいのは、父さんが話さないのはあなたのせいじゃないってことよ」

ヘレンは笑顔で言ったが、目は悲しそうだった。

「そして、もうひとこと。グレート・エスケープへようこそ」

★★

玄関《げんかん》ホールは、小人のために造《つく》られたみたいで、ヘレンは背《せ》をかがめないと入れなかった。でも、中は意外に広い。キッチンは巨大《きょだい》で、入って行くと心地よいあたたかさがマケナを包みこんだ。あたたかさの源《みなもと》はアーガという旧式《きゅうしき》のオーブンレンジで、戸棚《とだな》も同じだったが、気分が明るくなるような青で統一《とういつ》されていた。オーク製《せい》のテーブルには夕食の食器《しょっき》が並《なら》び、そ

れぞれのお皿の横にはうすいパンがおいてある。キッチンのとなりは、ガラス張《ば》りのサンルームになっていた。そこは気持ちのいい空間で、ふかふかのソファと、本が何冊《さつ》かのったコーヒーテーブルがあり、ペルシャじゅうたんがしいてある。外は暗くて見えないが、マケナにはどうでもよかった。すみにおいてあるきらきらしたクリスマスツリーに目をうばわれていたからだ。がっしりとした個性的《こせいてき》なツリーだ。ごわごわした枝《えだ》には、トナカイや、サンタの帽子《ぼうし》をかぶったクマや、赤と金と銀の玉がたくさんついている。星はぐるぐるまわりながらまたたいていた。マケナが近よると、木や松葉のにおいが、マケナをまっすぐケニア山へと連れていった。

マケナは喜びに息をのんだ。

「それ、ドイツトウヒの木なの。ふつうのモミの木にしようと思ってたんだけど、これにひと目惚《めぼ》れしちゃったのよ。でも、まだ一つだけ足りないものがあるの。木のてっぺんにつける天使《エンジェル》よ。あなたにかざってもらうのがいいと思うんだけど」ヘレンが言った。

その言葉を聞くと、マケナは顔に水をかけられたような気がした。自分には、幸福になる権利《けんり》はないのに。両親がなくなり、親友の運命がまだわからないというのに、幸せになんかなっていいはずがない。

「あたし、天使を信じてないんです」マケナは、ぴしゃりと言った。そして、ドアまで行くと、自分のスーツケースを持ち上げた。「これは、どこにおけばいいですか？」

ヘレンは、たとえがっかりしたとしても、それを顔には出さずに言った。

「すぐにお部屋を見せるわ。でも、よかったら、まずわたしの父さんに会ってほしいの」

居間《いま》の火は消えていた。テレビの画面は灰色《はいいろ》で、シャーッと音がしている。ヘレンがスタンドの電気をつけた。ひじかけ椅子《いす》には幽霊《ゆうれい》みたいな男の人がしずみこみ、ぼんやりと画面に目を向けていた。二人が入ってきたことにも気づいていないかもしれない。

ヘレンが前に出て言った。

「あら父さん、また暗闇《くらやみ》の中ですわってたの？　何度も言ってるけど、リモコンのDVD《ディーブイディー》ボタンをおしたら、ふつうの番組は映《うつ》らなくなるのよ」

ヘレンはいらいらしながら、テレビのスイッチを切った。

「父さん、こちらはマケナ。クリスマスと新年を、わたしたちと過《す》ごすのよ。父さんとは共通するものがあるから、うまくやれると思うわ。マケナのお父さんも山岳《さんがく》ガイドだったの。ケニア山への登山調査隊《ちょうさたい》を、十回以上お世話したんですって。マケナ、こっちはレイよ」

マケナはおずおずと近づいて、緊張《きんちょう》しながら片手《かたて》を差し出した。

レイの灰色《はいいろ》の目がマケナに向けられたが、ちゃんと見ているのかどうかはわからない。マケナの指に触《ふ》れたレイの指は冷たくて、骸骨《がいこつ》みたいにごつごつしていた。マケナはさけび声をあげないようにするだけでせいいっぱいだった。

「おなか、すいてる人はだれ？」ヘレンが、わざと明るく言った。「マケナ、父さん、スープと軽食はいかが？」

レイは、気乗りがしないというように首を横にふった。

マケナは機内食が食べられなかったので、実はおなかがぺこぺこだった。でも、羊の胃《い》の内《ない》膜《まく》に臓物《ぞうもつ》やオートミールをつめたものが出てくるかもしれないと思うと、げんなりした。

「何もいりません」そう言ってからマケナは礼儀《れいぎ》を思い出して「ありがとうございます。あたし、とても疲《つか》れてるんです。もう寝《ね》てもいいでしょうか?」と、つけ加《くわ》えた。

ヘレンは、口をあけて何か言おうとしたが、また閉《と》じてしまった。先に立って階段《かいだん》をのぼっているヘレンがつぶやくのが、マケナにも聞こえた。

「この分だと、とても静かなクリスマスになりそうね」

20

ライオンとキツネとクマ

〈ハーツ4《フォー》アフリカ〉の少女たちの家で過《す》ごしていたころのマケナは、〈死に神〉と〈外交官〉が逮捕《たいほ》されると、間もなく悪夢《あくむ》を見なくなった。

結局のところ、〈外交官〉は、外国の大使館で働いていたわけではなく、マフィアのムンギキと手を結んだ強欲《ごうよく》なビジネスマンだった。そして〈死に神〉にわずかな手当をはらって、スラム街でまいごになっている子どもをつかまえさせ、自分が持つスポーツウェアの工場で働かせていたのだ。ある男の子の証言《しょうげん》によれば、ネズミのシチューと、家畜《かちく》だっていやがるような宿をあたえられ、トレーナーやポロシャツをつくるために昼も夜も働かされていたという。〈死に神〉は、デメトリオスという名前だった。

セレナによれば、デメトリオスも、赤ちゃんのときに捨《す》てられていたのだそうだ。モンバサの埠頭《ふとう》で赤ちゃんを見つけた水夫《すいふ》が、デメトリオスという名前をつけたのだが、それは、港を最後に出て行った船がアテネに向かっていたからだという。その水夫は、ギリシア人の名前をそれ一つしか知らなかったのだ。

その話を聞いたとき、マケナは、嵐《あらし》のときに見た大男を思い出して、びっくりして聞いた。

「〈死に神〉ってギリシア人だったの?」

そういえばあのときは、土砂《どしゃ》ぶりの雨の中で、ギリシアの雷《かみなり》と稲妻《いなずま》の神さまゼウスのようにそびえ立っていたっけ。

そうしたいきさつを知ってからは、マケナは、デメトリオスの悪夢《あくむ》も見なくなった。恐《おそ》ろしい怪物《かいぶつ》ではなく、マザレ・バレーの悲劇的《ひげきてき》な物語の一つだということがわかったからかもしれない。孤児院《こじいん》でもこの一か月は、図書館のハンモックで、世捨《よす》て人《びと》のように深く眠《ねむ》ることができていた。

それもあったので、スコットランドでの最初の夜、新たな悪夢を見たのはショックだった。その夢《ゆめ》の中では両親が生きていたが、マケナの手がとどかないところにいた。マケナが触《ふ》れようとするたびに、両親は霧《きり》のように消えてしまうのだ。

「もっとがんばって、マケナ。ハグできるように、もっと近くに来て。あなたに会いたかったのよ」ママはそう言いつづけた。

マケナは涙《なみだ》をぬぐって、ベッドで上半身を起こした。スコットランドなんてきらいだ。こんな場所、シロクマにふさわしいだけだ。ヘレンは、マケナがあの不気味なお父さんのレイと共通点を持っていると思っているらしいけど。それって、あのお父さんも、ババと同じように山《さん》岳《がく》ガイドをしてたっていうだけのことだ。おかしな偶然《ぐうぜん》の一致《いっち》にすぎない。それ以外は、マケナは奇妙《きみょう》な家に来てしまったよそ者でしかない。これから何週間も、こんなへんぴなところでヘレンやレイと過《す》ごさなくてはならないと思うと、とんでもなくぞっとする。でも、自分にはどうしようもない。

マケナもいつかは、ホームと呼《よ》べる場所を見つけることができるのだろうか？

ここに来るまでは、スコットランドでの休暇《きゅうか》を内心楽しみにしていた。来ればババに近づくことができるような気もしていたのだ。ババはスコットランド人のお客さんを尊敬《そんけい》していたし、ケニア山のヒース地帯みたいにハイランドは神秘的《しんぴてき》なんだといつも話していた。マケナはまだ、雨がたたきつけるフロントガラス越《ご》しに、ヘッドライトが照らしだすものを見ただけだが、ケニア山と似《に》ているところなんて一つもなかった。雪が見られるかと思っていたのに、灰《はい》色《いろ》の山や丘《おか》がどこまでもつづいているだけだった。

ヘレンについても、同じだ。孤児院の責任者《せきにんしゃ》がナイロビを出たのは、死の床《とこ》にあるお母さんを看《み》とるためだったとわかった今、マケナは腹《はら》を立てたことを後悔《こうかい》していた。家族と過ごすという当然のことをしただけだったのに。

今考えてみると、なぜ腹を立てていたのかも、はっきりしない。病気だった間は、記憶《きおく》もぼんやりしていて、ヘレンのこともよくおぼえていない。おぼえているのは、ヘレンが持っていた雰囲気《ふんいき》で、それはすばらしくあたたかかった。その後の数か月の間、マケナの心は、自分を救ってくれたことでヘレンをうらんだり、かと思うと親しみを感じたりと、ゆれ動いていた。

夜になって、ほかの孤児《こじ》たちの目がなくなると、マケナは、『若草物語《わかくさ》』（ルイザ・メイ・オルコット作の物語）とか『ライオンと魔女《まじょ》』（C・S・ルイス作のファンタジー）など、ヘレンの愛読書だという本を読んだ。また、〈ハーツ4《フォー》アフリカ〉の責任者《せきにんしゃ》としてヘレンとエドナが切《き》り抜《ぬ》けなければならなかった困難《こんなん》についてだれかが話すたびに、マケナは耳をかたむけた。笑える話もあるし、命がけの話もあった。二人は、腐敗《ふはい》した役人や、武器《ぶき》を持ったギャングや、スラム街の悪質《あくしつ》な地主に、毎日のように立ち向かいながら、ケニアのほかの人が行かないような場所をまわって、子どもたちを助けだしていた。セレナは、そんな二人を崇拝《すうはい》していた。

「もしエドナとヘレンがいなかったら、わたしはここにいないわ。二人は、わたしの命を救っただけじゃないの。きたならしい身なりで片足《かたあし》しかないわたしの中身を見てくれたのよ。わたしが支《ささ》えるにふさわしい人間だと自信を持たせてくれた。だからわたしは経営学《けいえいがく》の学士号もとれたし、自分が助けてもらったように仲間を助けたいと思ってるの」

写真では、ヘレンはいつも笑っていた。野火のように赤い髪《かみ》の毛《け》はぼさぼさで、カットのとちゅうで子どもを助けに飛びだしたみたいなヘアスタイルだった。

ヘレンが、クリスマス休暇《きゅうか》をスコットランドのハイランド地方で過《す》ごさないかと言っていると聞いたとき、マケナは、いら立ちと感激《かんげき》の両方を感じた。いら立ちは、まちがった理由でスコットランドに招待《しょうたい》されていると思ったからで、感激は、たくさんいる少女たちの中で自分が選ばれたのが誇《ほこ》らしかったからだ。

しかし、孤児院の写真で見た笑顔のヘレンと、空港で会ったヘレンは、まったく別人と言ってもよかった。スコットランドのヘレンは、見た目もさえないし、気迫《きはく》も伝わってこなかった。気どらずに親しくしようとヘレンがすればするほど、不安がこっちまで伝わってくる。

マケナは、親をなくすのがどんなにショッキングなことか、だれよりもわかっていた。それまでは希望に燃《も》えていろいろなことをやろうと思っていたのに、次の瞬間《しゅんかん》にはめちゃくちゃになった人生のがれきの下に、生きたままうまってしまう。そこから何とか抜《ぬ》けだしたとしても、胸《むね》にささったままの見えないナイフが、思いがけないときに刃《は》をよじって苦痛《くつう》をあたえるのだ。ときには、その苦痛のせいで息もできなくなる。

といっても、ヘレンには家という居場所《いばしょ》がある。それに、お父さんもいる。天涯孤独《てんがいこどく》で、故《こ》国《こく》から何千キロも離《はな》れているマケナとおなじではない。

最近妻《つま》を亡《な》くしたばかりだとしても、レイのほうも、孤児院の伝説になっていたレイとはずいぶんちがっていた。ナイロビのレイは、薪《まき》を割《わ》ったり、床《ゆか》を張《は》ったり、壁《かべ》をつくったり、作業手袋《てぶくろ》もせずにゴミ捨《す》て場《ば》を庭園に変えたりしていたという。コブラをおさえつけただけでなく、野に放そうと主張《しゅちょう》までしたらしい。でもスコットランドのレイは、山岳《さんがく》ガイドをするどころか、ケニア山のモグラジネズミに立ち向かうことさえできそうになかった。もしかしたら、レイの伝説は誇張《こちょう》されていたのかもしれないとマケナは思った。

マケナは航空《こうくう》チケットについても考えた。チケットは替《か》えてもらうこともできるかもしれない。ヘレンに、ホームシックになってアフリカにもどりたいから、できるだけ早く帰りの飛行機に乗せてほしいと言ってもいいかもしれない。ヘレンが親切なのはわかっている。だから、マケナがそう言っても、ことわれないのではないだろうか。

ベッドのわきにおいてある時計は、午前二時十五分をさしていたが、マケナは眠《ねむ》れなかった。寝心地《ねごこち》が悪かったわけではない。羽布団《はねぶとん》はふかふかで、ケニア山のとちゅうまで登ってそこでくつろいでいる綿雲《わたぐも》みたいだった。

マットレスにしても、おじさんの家のスプリングが飛びだしているソファや、スラム街の悪臭《あくしゅう》ただようダンボールや、孤児院《こじいん》のハンモックと比《くら》べれば、格段《かくだん》にすばらしかった。

でもそのベッドは、マケナができるだけ早く立ち去ろうとしているスコットランドにあったのだ。ヘレンがせいいっぱい努力して、この部屋を居心地《いごこち》のいいものにしてくれたことは、マケナにもわかっていた。一つの壁《かべ》は全体が書棚《しょだな》になっていた。そこは宝《たから》の山で、ヘレンはどれでも好きな本を自由に読んでいいと言ってくれていた。その申し出を受ける時間がないのが残念だ。

部屋のすみからは木製《もくせい》のキリンが見守ってくれているし、小さな机《つくえ》にはスケッチブックと筆箱がのせてある。壁《かべ》にかかっている絵には、雪をかぶったケニア山を背景《はいけい》にした平原でキリンとシマウマの群《む》れが草を食べているところが描《えが》かれていた。マケナのものも二つだけおいてある。両親の写真と、スノウからもらった、くしゃくしゃのラベルがついた空きビンだ。

マケナは電気をつけようと手でさぐった。朝食のあと出発するのだとすれば、今のうちに準備《じゅんび》をしておいたほうがいいかもしれない。スイッチが見つからないので、ブラインドをおし上げて月の光を入れることにした。

雪がふっていた！　雪が、白いバラの花びらのように、窓《まど》の向こうを流れていく。庭には、すでに白くふり積もっている。眼下《がんか》のふしぎな世界に魅《み》せられて、マケナは羽布団を背負《せお》い、窓枠《まどわく》によりかかった。ふつうのものが、特別なものに変わっていた。みすぼらしかった木々は、ユキヒョウのマントで身を包んでいた。やぶや灌木《かんぼく》は、白いライオンや、トラや、クマの行列に変わっていた。峰《みね》に雪化粧《ゆきげしょう》をした山は、クリスマスケーキみたいだ。

マケナは下まで走っていって、雪の中でくるくる回ったり、転がったりしたかった。雪の魔《ま》法《ほう》の中で我《われ》を忘《わす》れてしまいたいと思った。

そのとき、何かが動いたのに気づいた。雪の中にだれかがいる。驚《おどろ》いたことに、それはレイだった。何かをかかえている。

やせた体に似合《にあ》わない元気な足どりで、レイは庭を横ぎって納屋《なや》まで行き、その中に姿《すがた》を消した。長い時間が過《す》ぎて、マケナは心配し始めた。外はとても寒いはずなのに、レイはパジャマにガウンを羽織《はお》っただけだ。ヘレンを起こしたほうがいいだろうか。レイは、頭がおかしくなっているらしい。テレビのリモコンもうまく使えないのだから、真夜中に雪の中に出たりしたら、まずいのではないだろうか。

勇気を出してヘレンを呼《よ》びにいこうとしたとき、レイが姿《すがた》をあらわした。あとから出てくる人を待っているみたいに、納屋《なや》のドアをおさえている。マケナは冷たい窓《まど》ガラスに顔をおしつけた。小さな生き物が、雪の中に出てきた。もっとよく見ようと目をこらす。子犬だろうか？

レイは持っていた懐中電灯《かいちゅうでんとう》を庭のベンチにおくと、そこに腰《こし》をおろした。ショウガ色のふわっとしたものが、光の中まで歩いてきた。四ひきのキツネの子だ。

ひげにダイヤモンドのような水のしずくをつけていたオオミミギツネの姿が、はっきりと記《き》憶《おく》によみがえった。今見えているキツネは、それとは種類がちがうが、同じように愛らしかった。

子ギツネたちは、身をひるがえしたり、雪にパクッとかみついたりしながら、ぐるぐるかけ回った。レイがかがみこむと、子ギツネたちは、その指をしゃぶった。

しまいに、レイは子ギツネたちをだきあげようとした。でもそれをゲームだと思ったらしく、子ギツネたちは手のとどかないところへ逃《に》げた。ようやく四ひきを納屋へもどすまでには、しばらく時間がかかった。

マケナは、レイが家にもどってくると思って待っていた。レイは室内ばきのままだったから、

きっと足の指は寒さに凍《こご》えているだろう。でも、レイは動かずに懐中電灯《かいちゅうでんとう》を切ると、山を見やった。羽のような雪がどんどん落ちてきて、レイの頭にも、ガウンを着た肩《かた》にも積もっていく。

そのとき、さらにふしぎなことが起こった。銀色の別のキツネが、レイのそばにやってきたのだ。特別ふさふさした尻尾《しっぽ》が、星の光のようにきらめいている。レイはふり向きもしないで、じっとしていた。レイとキツネは、雪の峰《みね》を見上げながら、ただじっと立っていた。

それを見つめているうちに、マケナのまぶたが重くなってきた。ベッドに横になると、次の瞬間《しゅんかん》には深い眠《ねむ》りに落ちていた。

21

子ギツネたち

マケナが目をさましたのは、九時を過《す》ぎてからで、自分の腕《うで》だってかじれそうなほどおなかがすいていた。ヘレンが朝ごはんを用意してくれていた。ポリッジ（オートミールのおかゆ）はきらいな食べ物なのだが（スラム街でユーニスがありあわせでつくったうすいおかゆもだが）、ヘレンは、シナモンといっしょに煮《に》たリンゴやメープルシロップをのせてくれたので、おいしかった。

キッチンはあたたかくて、明るい青空や、大理石のようにところどころが白くなっている山《やま》並《な》みもよく見えた。その光景が、めまいがするほどマケナの胸《むね》をしめつけた。

ババはいつも、マケナの血には山の空気が混《ま》じっていると言っていた。マケナがまだおなかにいるとき、両親は、ケニア山の第三の頂上《ちょうじょう》、レナナ・ピークまで登ったことがある。それでマケナのDNA《ディーエヌエー》にはケニア山が入っていると、よくじょうだんを言っていたのだ。マケナの最初の記憶《きおく》は、ババが山から帰ってくる姿《すがた》だった。ババは、ぐるぐる巻《ま》いたロープを肩にかけ、アイゼンバンドやピッケルなどの道具を入れたりつけたりしたリュックサックを背負《せお》って登山ツアーから帰ってきた。マケナは、自分も大きくなったら、山岳《さんがく》ガイドになるのだという夢《ゆめ》を当然のようにいだいていた。

でも、その夢はとっくになくしていた。スラムにいたころの野心といえば、次の二十四時間を生きのびることだった。マケナの未来からは、山が消えてしまっていた。そもそも未来など考えることもできなかった。それなのに、澄《す》んだ空に白くとがった峰《みね》が浮《う》かび上《あ》がるのを見ると、血がさわいだ。

マケナがスコットランドはいやだから次の便でアフリカに帰りたいと言おうとしたとき、ヘレンがオレンジジュースをコップに入れて持ってきた。

「あなたも父さんも、お寝坊《ねぼう》さんなのね。すごい旅をしてきたあとだから、ゆっくり休めてよかったわ。でも、父さんを見てこないとね。いつもなら、めいわくなほど早く起きるのに。ふつうの人は夏の十時なら本調子になるでしょうけど、父さんは雪嵐《ゆきあらし》の日でも早朝の四時には動き回ってたのよ。母さんが亡《な》くなってからは、横になってることが多くなったけど。ときには起き上がりたくないんじゃないかと思うこともあるわ。それにしても、これまでは九時半には起きてたのに」

ヘレンは、電話をにぎったまま急いでまたあらわれた。

「父さんの体が熱くなってるの。お医者さんを呼《よ》ばないと。高熱があるみたい」

マケナはレイと五ひきのキツネのことを思い出した。ふざけるのが好きな四ひきの子ギツネと、堂々とした銀色のキツネのことだ。あれは全部夢だったのだろうか。それともレイは本当にパジャマ姿《すがた》で雪の中にいて、肺炎《はいえん》を起こしたのだろうか。

マケナは、ヘレンに言おうか言うまいか、決めかねていた。しばらく考えて、言わないことにした。言ったらレイを裏切《うらぎ》るような気がしたのだ。

朝ごはんが終わるとすぐに、ヘレンはレイのためにミネストローネスープをつくり始めた。

「これも、わたしのおばあちゃんのレシピよ。元気をとりもどすには、これがいちばん。これで治らなかったら、ふしぎなくらい」

「外に雪を見にいってもいいですか？」マケナはおずおずときいた。

間もなくスコットランドを発つつもりなら、スノウにもらったビンに雪を入れておかないと。そうすれば、友だちとの約束をちゃんと守ったことになるから。

「もちろんよ！　でも、わたしの手があくまで待つのはどう？　あなたといっしょに外に出るのを楽しみにしていたの」

マケナは答えなかった。マケナにとって雪は神聖《しんせい》なものだ。マケナとお父さんとの、そして親友とのつながりを示《しめ》すものだから。最初は、自分ひとりで触《ふ》れてみたい。

ヘレンは表情《ひょうじょう》をくもらせたが、すぐに笑顔を見せて言った。

「わかった。あったかくして出るのよ。そして、サンルームの前あたりの、こっちから見えるところにいてね」

マケナは長いこと雪のことを想像《そうぞう》してきたので、サクサクした感触《かんしょく》にも、靴《くつ》がずぼっとしずむことにも、驚《おどろ》かなかった。でも、真珠《しんじゅ》のように雪がかがやいているのには、びっくりした。マケナは、ジーンズがぬれるのにもかまわず、雪にひざをついた。雪玉をつくり、丸めてかたくすると、冷たい手でお手玉をしてみた。

そんなつもりはないのに熱い涙《なみだ》があふれてきた。ナイロビでは、ビンの中に入れた雪が、バティアン・ピークみたいに凍《こお》ったままでいてくれればいいのに、と願っていた。でも今は、中身が緑色っぽい溶《と》けた水でもいいから、あのビンをなんとしてもとりもどしたかった。それがもし、両親がまだ生きていて自分を愛してくれている証拠《しょうこ》だというなら。

サンルームの窓《まど》をコンコンとたたく音がした。

「マケナ、病人が二人になる前に、中に入ってちょうだい。ココアをつくったからね。上にはマシュマロをのせたわよ」と言うヘレンの声が聞こえた。

見ると、手の中の雪は溶けて、指の間からしたたっていた。立ち上がったマケナは、うんと年をとったような気がした。ジャムのあきビンは、まだ部屋においたままだ。スコットランドを発つ前に、なんとか時間を見つけて雪を入れておかなくては。

レイの状態《じょうたい》は、どんどん悪くなった。たいしたことはないと口では言うものの、ヘレンが

不安にかられているのは明らかだった。お医者さんのブロディ先生は、ネズミの家族が住めそうなほどもじゃもじゃの赤い髭《ひげ》を生やしていた。先生は定期的にようすを見にきて、気管支炎《きかんしえん》だと診断《しんだん》をくだした。入院をすすめられたが、レイはことわった。

ミステリ小説を読みながら暖炉《だんろ》の前に丸くなっているマケナの耳にも、上で議論《ぎろん》している声が聞こえてきた。お医者さんのスコットランドなまりのドラ声は、階下までひびく。

「マイナス要因《よういん》は、レイが関節炎《かんせつえん》のロバより頑固《がんこ》だということですな。プラス要因は、レイが長年健康的《けんこうてき》な暮《く》らしをしてきたってことです。ガイドとして大活躍《だいかつやく》していたころのレイは、だれにも負けないほど元気でしたよ。筋肉《きんにく》は大理石みたい、肺《はい》はイルカみたいでしたからね。イラクサのお茶とミネストローネスープを飲ませていれば、なんとかなるでしょう」

その夜、マケナは眠《ねむ》れなかった。レイのことを考えていたからだ。レイは、雪の中で孤児《こじ》の子ギツネと遊んでいたから体をこわしたのだろう。レイは、子ギツネたちに食べ物もあたえていたのだろうか。もしそうなら、子ギツネたちは、今ごろ飢《う》えているはずだ。

マケナはベッドからとび起きると、冬服を何枚《まい》も着こんだ。ヘレンのおかげで、冬服はたくさんある。身支度《みじたく》ができると、下の階へとこっそりおりていった。キッチンで立ち止まると、耳をすます。物音一つしない。マケナは冷蔵庫《れいぞうこ》のとびらをあけた。子ギツネは何を食べるのだろう？　それに、持ち出しても見やぶられないものはなんだろう？

しまいに、マケナはパンのかたまりから四枚《まい》を切り取ると、それをボウルに入れて、生卵《なまたまご》を何個《こ》か加《くわ》えて混《ま》ぜた。ぐちゃぐちゃでまずそうだが、自分が食べるわけではない。

家から出るときが、いちばんドキドキした。裏口《うらぐち》のドアをあけるときは、金庫の鍵《かぎ》をあけようとする強盗《ごうとう》みたいに緊張《きんちょう》した。警報《けいほう》が鳴ったら、面倒《めんどう》なことになる。でも、ドアには鍵もかかっていなかった。「このあたりは犯罪《はんざい》が少ないのよ」と、ヘレンは言っていたっけ。マザレの無法地帯を思い出すと、自分でもよく生きのびられたと思う。

マケナは廊下《ろうか》の棚《たな》で見つけた懐中電灯《かいちゅうでんとう》をにぎりしめ、雪の庭へと足をふみだした。一歩進むごとに、いつさけび声が聞こえるかと気が気でなかったが、家の中は暗いままだった。

納屋《なや》までたどりつくと、マケナは勇気を出して懐中電灯をつけた。毛布《もうふ》を丸めた中から、シヨウガ色のおびえた顔が四つのぞいている。見知らぬ人からは食べ物をもらわないかもしれないと心配したが、子ギツネたちはおなかがすきすぎて、警戒《けいかい》するどころではないらしかった。ボウルを下におろすと、子ギツネたちは喜びの声をあげた。マケナは腰《こし》をおろして、子ギツネたちがガツガツと食べるのを見守った。

マケナの心に、何かがポッと灯《とも》った。それは、とっくに忘《わす》れていた喜びの感情《かんじょう》だった。それが大きく広がらないうちに、マケナは急いで立ち上がった。ふってくる雪が足あとを消してくれるように願いながら、家まで急いでもどるとき、レイの寝室《しんしつ》のカーテンがゆれたのに気づいた。窓《まど》を見上げたが、あとはひっそりしたままだった。

キッチンにもどると、マケナはボウルを洗《あら》ってふき、そっと自分のベッドにもどった。しば

らくの間は、まだ眠《ねむ》れなかった。マケナはケニアから遠く離《はな》れて、地球上でも最も寒い場所の一つに来ている。それでも、とつぜん心がほわっとあたたかくなっていたのだ。

22

雪を入れるビン

それからは、マケナは真夜中から明け方までのどこかで、いつも家を抜《ぬ》けだした。そのうちに、思いきって雪の中で子ギツネたちと遊ぶようになったが、足あとを消すことを忘《わす》れないようにした。りっぱな尻尾《しっぽ》を持つ銀色のキツネの姿《すがた》は、その後は一度も見かけることがなかった。

クリスマスが近づくと、ヘレンは、父親のことがたいへんななかでも、マケナが放っておかれたと思わないように、いろいろな手立てを考えた。レイのスープや湯たんぽの用意をしていないときは、マケナといっしょにクマの形のショウガパンをつくったり、「オズの魔法《まほう》使い」のビデオを観《み》たり、散歩に出かけたりした。

マケナは、ケニアにもどりたいと言いだすのを、レイがよくなるまで待つことにした。ヘレンがたいへんなときにさらに重荷を負わせるのは、よくないと思ったからだ。

マケナは、自分の体力がみるみるもどってきたことに驚《おどろ》いた。ナイロビの両親の家では、ボルダリングの壁《かべ》を登りおりしたり、学校でランニングしたり、ママとテニスをしたりしていたのだ。いつか山に登れるくらい、たくましくなりたいと思っていたからだ。

ある昼下がり、雪の森をヘレンと歩いていたマケナは、いつも胸《むね》の上にいすわっていたゾウが、いつのまにかいなくなっていることに気づいた。あのゾウは、マザレ・バレーにおいてきてしまったのかもしれない。スラムの雑踏《ざっとう》や騒音《そうおん》のあとでは、スコットランドのハイランド地方で体験する、とうとうと流れる澄《す》んだ川や、静けさや広大な風景は、ぜいたくだと思ったが、マケナは、それにもだんだん慣《な》れてきていた。

一時間後に森から出てきたとき、暗くなってきた低い空は、残り火がくすぶっているような色になっていた。野原の新雪をふみながら歩いていると、冬の太陽が雲の切れ間から顔を出した。白い景色が、レーザー光線に照らされたみたいに、キラキラかがやいた。マケナは足をとめた。新品のバックパックの横ポケットのジッパーをあけると、マケナは空っぽのジャムのビンをとりだした。

マケナはビンに雪を入れた。儀式《ぎしき》もなければ、歌や踊《おど》りもない。ただ、今がそのときだと思えたのだ。ふたを閉《し》めながら、祈《いの》った。スノウがいるのがどこであれ、あの世であれこの世であれ、踊っていてくれますように、と。

ヘレンは何も言わずに見守っていた。また歩き始めたとき、ヘレンはマケナの手をとった。マケナは手を引っこめようとしたが、ヘレンの気持ちを傷《きず》つけたくはなかった。それに、しばらくすると、これも悪くないかと思うようになっていた。

「秋には、このへんいったいが紫色《むらさきいろ》のヒースのじゅうたんでおおわれるのよ」ヘレンは言った。「父さんとわたしがケニア山にハイキングに行ったとき、東アフリカの高原がこのあたりにそっくりなのに驚《おどろ》いたわ。わたしたちは、すばらしい湖のほとりにあるルトゥンドゥ湖の丸太小屋に泊《と》まったの。ウィリアム王子がケイトさんにプロポーズしたところよ」

「あたしも、その丸太小屋を知ってます」マケナは声を張《は》りあげた。親のことは、ヘレンともだれとも話しあわないように決めていたのを忘《わす》れて。「あたしとババは、ルトゥンドゥの近くでキャンプしたんです。カジータ川の岸辺で」

ヘレンの顔がぱっとかがやいた。孤児院の写真みたいに。

「夜、ハイエナの笑い声を聞いた？　わたし、薄気味《うすきみ》悪くて、眠《ねむ》れなかったのよ」

「あたしもです。悪夢《あくむ》も見ました」

「わたしは神経《しんけい》がおかしくなっちゃったわ。ハイエナの群《む》れが、丸太小屋を襲《おそ》ってくるような気がしてね。父さんは、ハイエナはハゲタカと同じで、くさりかけた肉のほうが好きなんだって言ったけど、わたしは半信半疑《はんしんはんぎ》だったの。それから、ルトゥンドゥ湖のマスを見た？　シロイルカみたいに大きかったでしょ」

マケナは思わず口にしていた。

「あたし、ルトゥンドゥ湖のほとりで、オオミミギツネを見たんです。水を飲んでいて、顔を上げたときには、ひげにダイヤモンドみたいな水のしずくがついてたの。その話をすると、ババはケニア山にはキツネなんていないって言ったんです。おしまいには信じてくれたと思うけど」

ヘレンは、驚《おどろ》かなかった。

「キツネは、いそうもないところにもあらわれるものよ。ロンドンの郊外《こうがい》でも、庭によくあらわれるのよ。都心のピカデリーサーカスのレストランに二ひきのキツネが入ってきたこともあるの。おかしなことだけど、エドナとわたしがナイロビであなたを見つけたとき、キツネを見たような気がしたの。車を発進させようとしたとき、見えたのよ。ナイロビにはキツネはいないから、かんちがいかもしれないけど、何かを見たのはたしかよ。それが何であれ、動いたあとに火花のような光のあとができてた。もしかしたら光のぐあいでそう思っただけかもしれないけど、ふしぎだったわ」

「光のあと？」

マケナの足もとの地面がぐらっとゆれたような気がした。空港の駐車場《ちゅうしゃじょう》で見かけた生き物も、熱い灰《はい》のような火花の尾《お》を引いていたことを思い出したのだ。

「そうなの。それがなかったら、屋台の下を調べてみないで帰ってしまったと思うの。そうしたら、あなたを見つけることができなかったと思うと、今でもドキドキするわ」

それから、ヘレンは立ち止まってたずねた。

「気分が悪いの、マケナ？　ふらふらしてるみたいだけど。外にいる時間が長すぎたのかもしれないわね。こんなに寒いんですもの」

「二人ともかんちがいってことはないですよね」マケナが、気をとりなおして言った。「キツネのことですけど。二人とも正しいか、二人ともまちがってるか、どっちかですよね。ひとりが正しくて、もうひとりがまちがってるってこともあるかもしれないけど」

「可能性《かのうせい》はもう一つあるわ」

「なんですか？」

「二人とも、想像力《そうぞうりょく》がゆたかすぎるってことよ」ヘレンが笑顔で言った。「でも、わたしとしては、それってすてきなことだと思うけど。わたしの好きなアインシュタインの言葉があるの。『論理《ろんり》はあなたをA《エー》という地点からB《ビー》という地点まで連れていってくれる。想像力はあなたをどこにでも連れていってくれる』という言葉よ。アインシュタインは、想像力を『人生にこれから起こるすてきなことの予告編《よこくへん》』だって言ってたの」

ヘレンとマケナの目があい、二人ともきまり悪そうに目をそらした。母と娘《むすめ》みたいな雰囲気《ふんいき》になっていたからだ。

ヘレンが急いで話題を変えた。

「ほら、あの二つの丘《おか》の間に教会の尖塔《せんとう》が見えるでしょう。その横に、黒っぽい点が見えるわよね？　あれが、この地域《ちいき》の学校なの。馬で通ってくる子どももいるわ。体育の時間には、サッカーとかホッケーみたいなふつうの運動もやるけど、カヤックとか登山とかスキーも習うのよ」

「ケニア山の近くにも、同じような学校があります」マケナは言った。「赤道のすぐそばにある学校なんです。だから、南半球の自分の家で朝ごはんを食べて、北半球にある学校でお昼ごはんを食べる子もいるんです。かっこいいですよね」

それは、マケナが行きたいと思っていた学校だった。世界を半周したところにあるスコットランドの子どもたちも、自然の中での冒険《ぼうけん》が好きだと知ってうれしかった。ビデオゲームで遊んだり、テレビの番組を見たりするのにいそがしくて、自然を気にかけるひまなどないかと思っていたからだ。そう言うと、ヘレンは言った。

「たしかにスコットランドにも、アウトドアよりテレビやテクノロジーのほうが好きな子もいるけど、今は世界のどこでもそうでしょう。でも、わたしの経験から言うと、ハイランドの子どもたちは、それもおもしろいけど、最高の冒険は自然の中でしかできないとわかってるみたいよ」

「ヘレンも、あの谷間にある学校に行ったんですか？」マケナはきいた。

「残念ながらちがうわ。わたしが行ったのは、汚染《おせん》されたロンドンの道路わきにあって、運動場もコンクリートだったの。母さんと父さんがスコットランドに引《ひ》っ越《こ》したとき、わたしは十八歳《さい》で、まだ都会の光とさよならする気になれなかったの。だからロンドンの大学に入ることにして、ギャップイヤー（高校卒業から大学入学までの期間）にボランティアでケニアに行ったわけ。それで、ケニアの国と人々が大好きになったんだけど、慈善団体《じぜんだんたい》は好きになれなかったのよね。エドナとわたしはまだ若《わか》くて、理想《りそう》に燃《も》えていたのよ。それで、じぶんたちで、もっとずっといい活動をしようと思ったの。それができるときもあったし、全然うまくいかないときもあったけど、わたしは一つも後悔《こうかい》してないの。〈ハーツ4《フォー》アフリカ〉は、ある意味、生涯《しょうがい》の恋人《こいびと》みたいなものだからね。

でも、いろいろと事情《じじょう》が変わったから、わたしは、今のところ、しばらくここで暮《く》らすことになると思うの。〈ハーツ4アフリカ〉のことは心配してないわ。わたしがいなくても、エドナとセレナがりっぱにやってくれるし、わたしもイギリスで資金《しきん》集めをして支《ささ》えるつもり。でも、本当はアフリカが恋しいの。あなたもそうよね。アフリカは、もうわたしの一部になってるんですもの。母さんが亡《な》くなるまでは、スコットランドよりアフリカで過《す》ごす時間のほうが長かったのよ」

ヘレンは、人をよせつけないような山を見上げて、言葉をつづけた。

「ここでの暮《く》らしは、わたしにとっても新たな始まりなの」

23 クリスマスツリーのてっぺんに

クリスマスイブに、マケナが階下におりていくと、レイが毛布《もうふ》にぐるぐる巻《ま》きになって、ソファにすわっていた。マーマイト(ビタミンBを多くふくむスプレッド)をつけたトーストを食べながら、南極のペンギンについてのドキュメンタリー番組を見ている。かかしみたいにやせて、みすぼらしいが、血色は前よりいい。

マケナを見ると、レイの口もとにかすかな笑みがうかんだ。そして何か言いたそうにしたが、ヘレンが入ってきたので、レイはテレビ画面に視線《しせん》をもどした。

その日は、マケナにとっては、とてもすてきな日になった。レイの友だちが数時間ついていてくれるというので、マケナとヘレンはロッホ・レーベンの近くにあるグレンコー・カフェに行った。ドアのところには、柳《やなぎ》の枝《えだ》でつくった実物大のトナカイがおかれている。マケナは、あわ立てたクリームとピンク色のマシュマロがのっているココアを注文した。持ってきてくれたウェイトレスは、サンタの帽子《ぼうし》をかぶっていた。

大通りは、かけこみで買い物をする人たちでにぎわっていた。マケナは、その三十人くらいの人たちが、とても大勢《おおぜい》に思えた。スコットランドで過《す》ごしたこれまでの数日間、マケナは、ほかの人たちはどこにいるのだろうとふしぎに思っていたのだ。ハイランドには、ほとんど人は住んでいないように思えた。それから、このきびしい寒さのせいでだれも外に出ないのだと気づいた。マケナは、グレンコーは魅力的《みりょくてき》だと思ったが、それよりスリー・シスターズとか、デビルズ・ステアケースとか、ブアチャイール・エティーブ・モルとか、ブアチャイール・エティーブ・ビーグにはもっと興味《きょうみ》をひかれた。どれも、この近くの山で、グレンコーは登山口としての雰囲気《ふんいき》も持っている。

イギリスでいちばん高い山はベン・ネヴィスだけど、標高《ひょうこう》はたった千三百四十六メートルで、ケニア山の三分の一にもならない。でも、スコットランドの山は高さはたいしたことがなくても、風雨にさらされた荒々《あらあら》しさがある。けわしい岩山や、竜《りゅう》の影《かげ》が舞《ま》いおりるように村を通っていく雲を見ると、マケナの皮膚《ひふ》はちりちりするのだった。レイについても、考え直したほうがよさそうだ。レイがここでガイドをしていたのだったら、かつてはとてもタフな人だったにちがいない。

その日の午後、マケナはヘレンがミンスパイ(ドライフルーツ入りのパイ)を焼くのを手伝った。焼きあがると、まだ熱いうちにクリームをぬって食べた。外では風が吠《ほ》えたけっていたが、だからこそよけいにおいしく感じた。

日が暮《く》れてくると、ヘレンとマケナは『ビロードのうさぎ』(マージェリー・ビアンコが書いた童話)を交替《こうたい》で声に出して読んだ。レイはかなりよくなっていて、小刀で木を彫《ほ》っていたが、だんだんにとがった耳がその木ぎれからあらわれてきていた。家のあちこちには、よくできた動物の彫刻《ちょうこく》がおいてあったのだが、それをつくった芸術家《げいじゅつか》はレイだったのだ。

「父さんが木を彫るのは、母さんが死んで以来初めてよ」ヘレンが言った。その声には、安堵《あんど》と悲しみがまじっていた。

レイはまだ弱々しいし、咳《せき》もしている。本から目をあげると、レイはすでにベッドにもどってしまっていた。マケナも疲《つか》れていた。子ギツネたちの世話は楽しいが、寝不足《ねぶそく》がこたえるようになってきていた。

自分の部屋にもどる前に、マケナは水を飲もうとキッチンへ行った。サンルームではクリスマスツリーが満足げにキラキラ光っていた。マケナは、ママがこれを見られたらどんなにかいいのに、と思った。ママは、クリスマスが大好きだったからだ。ツリーの青々としげった枝《えだ》の陰《かげ》には、金やピンクや赤のリボンをかけ、ちょう結びでかざったプレゼントがいくつもおいてある。

マケナは急にうしろめたい気持ちにおそわれた。自分のことが信じられない。もうクリスマスなんて楽しめないことを忘《わす》れてしまっていたなんて。両親もメアリおばさんも親友もいなくなってしまったというのに。

マケナはツリーをにらみつけた。てっぺんにはまだ天使《エンジェル》のかざりがついていなかった。

24 読んでしまったメール

あたたかい屋根裏《やねうら》部屋にひびくラジエーターの音で、マケナは目をさました。うーんとのびをする。今日はクリスマスだと思うと、ちょっとワクワクした。自分の幸運をうしろめたく思っていたことは忘れて、ついついプレゼントやごちそうのことを想像《そうぞう》してしまう。ハギスだって野菜だけでつくったのもあるというし、ヘレンもレイもベジタリアンだったので、マケナが加《くわ》わっても何も問題はなかった。

それからマケナは時計を見た。午前七時十二分だ。子ギツネのために目覚まし時計をかけるのを忘れていた。今ごろ子ギツネたちはおなかをすかせているにちがいない。

マケナはベッドからとび起きると、ジーンズをはき、保温《ほおん》ベストとフリースと上着を着こんだ。手袋《てぶくろ》をポケットにつっこみ、編《あ》んだ髪《かみ》にかぶせるように毛糸の帽子をかぶる。

ナイロビを発つ一週間前に、グロリアの娘《むすめ》のナディラが〈ハーツ4《フォー》アフリカ〉にあらわれた。ナディラは、美容師《びようし》になる勉強をしていて、しょっちゅうやってくるのだった。セレナによれば、孤児《こじ》たちの髪で練習させてもらって技《わざ》をみがいているのだという。その時間は人気が高く、少女たちはカットモデルになるために行列をつくった。マケナは気おくれがして、列に入ったことはなかった。でも、エドナが探《さが》しにきて、もう予約がしてあるからと言った。マケナがどうして、とたずねても、おとなが使ういつもの手で、「そういうことになってるからよ」と、ごまかされてしまった。

ナディラは、マケナがどうしてこの孤児院《こじいん》にいるのかをきかなかったし、マケナも話さなかった。ナディラは、マケナの髪《かみ》についてもコメントせず、こう言っただけだった。

「クリスマスにはイギリスに行くんだってね。だったら、かっこよくしようね。イギリス人って、やぶの中をうしろ向きに引きずられたみたいな髪型が多いじゃない。ケニアのレディに、スタイルについてもう少し教わったほうがいいと思うんだよね」

キッチンにおりていって、マケナは子ギツネに何を食べさせようかと考えた。パンはもうほとんどない。卵《たまご》も切れかけている。ミンスパイはどうかと思案しているとき、キッチンの椅子《いす》にヘレンのノートパソコンがおいてあるのに気づいた。干《ほ》しブドウやパイ生地を子ギツネにあたえていいかどうかを検索《けんさく》するのには一分もかからないだろう。

マケナがキーをたたくと、画面が明るくなった。そのとたん、E《イー》メールが目にとびこんできた。それを横にどかそうとしたとき、アドレスが目に入った。

glasgowadoptionservices@globalmail.com

宛先《あてさき》はグラスゴーの養子縁組《ようしえんぐみ》センターらしい。

マケナはぞくっとした。送信日時は十二月二十四日で「緊急《きんきゅう》」マークがついている。読んではいけないとわかっていたが、読まずにはいられなかった。

ヘレン・スチュアート〈helen.stuart73@gmail.com〉
宛先：glasgowadoptionservices@globalmail.com

キャリックさま
わたしがクリスマス休暇中《きゅうかちゅう》にあずかっている十二歳《さい》のケニアの少女マケナ・ワンボラについてですが、書類の作成についてご支援《しえん》いただき、ありがとうございました。緊急にまたご支援いただきたいことがあり、メールしております。
マケナが飛行機からおりるとすぐに、わたしは自分が大きなまちがいをおかしていたことに気づきました。わたしは一か月の委託《いたく》を願い出ておりましたが、今やそれは不可能《ふかのう》かと思われます。マケナがここに来てからまだ五日にしかなりませんが、わたしはすでに帰るまでの日にちを数えて……

マケナはノートパソコンをバタンと閉《と》じた。耳の奥《おく》で血がドクドク鳴っている。みんなウソだったのだ。何もかもが。スコットランドに来てからずっと、ヘレンは親切にするふりをしながら、「大きなまちがい」のマケナが去る日を心待ちにしていたのだ。

きのうは、パイを焼いたりグレンコーを訪《おとず》れたり、『ビロードのうさぎ』を読んだりして楽しくなり、この山に囲まれた魔法《まほう》のかくれ場所にずっといられたら、とさえ思ってしまうほどだった。ヘレンも同じ気持ちでいるのではないかと思っていた。

レイのことも好きになりかけていた。生命の危険《きけん》もかえりみず雪の中でキツネと遊ぶような人なら、たぶん九十五パーセントはいい人だと思ったからだ。それに、レイとマケナは秘密《ひみつ》を共有していた。レイは、自分が回復《かいふく》するまでマケナが子ギツネたちの面倒《めんどう》をみていることを知っていた。加《くわ》えてレイは登山家で、マケナは登山家を敬愛《けいあい》していた。

でも、本当のことを知った今となっては、そんなことはどうでもいい。ヘレンは、マケナにいてほしくないのだ。少しでも早くマケナをやっかいばらいしたいからこそ、クリスマスイブなのに養子縁組《ようしえんぐみ》の機関にメールを出したのだ。きっとクリスマスが終わるとすぐに、早く帰るようにと催促《さいそく》されるにちがいない。

マケナは打ちのめされていた。それ以外の道があるかもしれないと考えていたなんて、かんちがいもいいところだ。ナイロビでは、ほかの孤児《こじ》たちはマケナの幸運を喜んでくれたけれど、期待しすぎないようにと警告《けいこく》もしてくれていた。十二歳《さい》にもなって養子にむかえられるケースは稀《まれ》で、たいていは赤ちゃんか幼児《ようじ》が好まれる。それに、ヘレンが試しにいっしょに暮《く》らしてみようと思ったところで、そのままうまくいくとはかぎらないのだから。

「自分の国にいると、ちがう人になる場合もあるんだよ。料理がへたかもしれないし、短気かもしれない。あんたが、うまく溶《と》けこめないかもしれないし、村には人種差別主義者がいて『アフリカに帰れ』って言われるかもしれないんだよ」ほかの少女たちはそう言っていた。

マケナは時計を見た。もうすぐあたりが明るくなる。マケナはバナナを一本とミンスパイを二つつかむと、コップの水を飲みほした。こうなったら、できるかぎりの強さをかき集めないと。

25 登山のルール

・出発する前に、天候《てんこう》を入念にチェックし、装備《そうび》や衣類や食糧《しょくりょう》は念入りに確認《かくにん》すること。フルに充電《じゅうでん》した携帯《けいたい》電話を持つこと。
・危険《きけん》を最小限《さいしょうげん》にするために最大限の努力をすること。英雄《えいゆう》気どりになってはいけない。
・自分の体と心の声に耳をかたむけること。

マケナが小さいときから、ババは何度もこのルールを話して聞かせていた。それなのに、「グレート・エスケープ」から出ていこうとするマケナは、それを一つも考えていなかった。バックパックに入っているのは、セーター一枚《まい》と、水を入れたボトルと、スノウからもらったビン（中の雪は溶《と》けたけど今はまた凍《こお》っている）と、額《がく》から出した両親の写真だけだ。バナナとミンスパイは、子ギツネたちがとっくに食べてしまった。

出発したときは、マケナは自分でこうと決めたことに満足していた。晴れた空の下、マケナはずんずん山を登っていった。二キロくらい先にガソリンスタンドがあるのを、マケナはおぼえていた。そこまで行けば、トラックの荷台にでもしのびこんで、インヴァネスかエディンバラまで行けるだろう。そこまで行ってどうするかは、まだわからない。とちゅうで考えればいいことだ。

でも、天候が変わり、晴れていた空はあっという間に暗くなり、嵐《あらし》になった。山の頂《いただき》はどんどんわき起こる雲にのみこまれた。岩のすきまや谷間から霧《きり》があふれ出し、刺《さ》すような風がマケナをふき飛ばそうとする。

ババから聞いていた話だと、霧は登山家にとって雪崩《なだれ》と同じくらい危険だという。山で居場《いば》所《しょ》がわからなくなった者の行く手には、無数の危険が待ちかまえている。下から見上げたときは、山を通る道がはっきり見えていた。でも、登ってきてみると、道とそうでないところを見分けるのがむずかしかった。登山道はあちこちで羊の通り道と交差しているし、落石にもまどわされた。大きな雪のふきだまりをよけて遠回りをしたのも二度になった。分かれ道に出ると、推測《すいそく》でどちらかを選ばなくてはならなかった。

また分かれ道に出たので、マケナは左に行くことにした。急坂や横道を十分ばかり苦労《くろう》して進むと、つきあたりが凍《こお》った滝《たき》になっていた。

マケナはパニックになるまいと思いながら引き返したつもりだったが、道はとちゅうで消えていた。別の道を見つけたが、まもなくそこも三つに分かれていた。

マケナは立ち止まって息をついた。「エルビスの足」になっている。ももやふくらはぎのふるえが止まらなくなることを、山では「エルビスの足」というのだ。足には靴《くつ》ずれができて、のどはひりひりしていた。少し前に、遠くに見えるヘレンの家に明かりが灯《とも》るのが見えた。クリスマスの朝に起きてきたヘレンが、マケナがいないことに気づくのだと思うと、気分が悪くなった。

ヘレンは警察《けいさつ》に知らせるだろうか？　あんなE《イー》メールを書いたことを後悔《こうかい》するだろうか？　それともエドウィンおじさんみたいに、マケナを追い出す口実ができてホッとするのだろうか？　それもマケナが見つかればの話だけど。でも、谷間で何が起きているかは謎《なぞ》だった。マケナ自身と同じように、谷間も霧《きり》に包まれていたからだ。

また雪がふってきた。どんどんふってくる。マケナはうめき声をあげた。このまま山の中で死んでしまうのかもしれない。そうなっても、すべて自分のせいだ。

恐怖《きょうふ》に打ち負かされそうになる。マケナは身を切るように冷たい空気を大きく吸《す》いこんだ。ババが言っていたように、落ち着いてちゃんと考えてみよう。もどったほうがいいだろうか。ヘレンの家にもどるのは肩身《かたみ》がせまいが、命の危険《きけん》は避《さ》けられる。それにあたたかい。ヘレンには、できるだけ早くナイロビにもどしてくれとお願いしよう。

マケナは、斜面《しゃめん》をくだっていくように思える道を選んだ。大きなぎざぎざの岩を回りこんだとき、マケナはぎょっとして立ち止まった。行く手に銀色のキツネが見えたのだ。雪景色の中だと、はっきりと見分けるのがむずかしい。でも、それは光を発していた。

最初は、あの子ギツネたちと同じアカギツネでも、体が白いおとなのキツネかと思った。でも近づいて見ると、全く別の種類だということがわかった。厚《あつ》い毛皮はふわふわしていて、あごのとがったきれいな顔をしている。生き生きした青い眼《め》は、こっちの魂《たましい》の奥《おく》まで見通しそうだ。

嵐《あらし》の中で、生き物に出会うとホッとする。だけどこれは納屋《なや》にいるショウガ色のかわいい子ギツネとはちがって、自然の中で生き抜《いぬ》いている野生の動物だ。マケナに飛びかかってくるかもしれない。それでも、キツネがそこにいることにマケナは勇気をもらっていた。悪夢《あくむ》のようなこの世界に、少なくともマケナはひとりぼっちではない。そう思った。

そのときキツネが動いて、マケナは悲鳴をあげた。キツネがかみつくと思ったからではない。白く渦巻《うずま》く世界の向こうが、崖《がけ》っぷちになっているのに気づいたからだ。キツネが行く手をふさいでおいてくれなかったら、マケナはまっさかさまに崖を転げ落ちていただろう。

一歩まちがえばあぶなかったと思ってふり返ると、キツネの幽霊《ゆうれい》のような姿《すがた》は、暗がりに消えていこうとしていた。マケナはあわててあとを追った。前にもマケナを助けてくれたのだから、今度も助けてくれるかもしれない。もしこのキツネがレイから食べ物をもらっていたとすれば、家まで案内してくれるかもしれない。

キツネは、自分にしか見えない、曲がりくねった道を進んでいく。ときにはたしかな足どりでずんずん行くので、マケナは追いつくのに苦労《くろう》した。また別のときには、円を描《えが》くように同じところを回っているように思えた。でもキツネが行き先を知っていることも、キツネがついてくるようにうながしていることも、マケナは信じて疑《うたが》わなかった。吹雪《ふぶき》の中でキラキラ光る尻尾《しっぽ》は、マケナをみちびく星のような役割《やくわり》をはたしてくれた。

疲《つか》れ果《は》ててたおれそうになったとき、行く手をふさぐ嵐の向こうに、小さな小屋が見えた。マケナはハアハアと白い息を吐《は》きながら立ち止まった。幻影《げんえい》かもしれないと思って、ためらうように一歩ふみだす。小屋はまだちゃんとそこにあった。

ハイランドのあちこちに避難《ひなん》小屋があるのは、ヘレンから聞いていた。ハイカーや登山家が悪天候《あくてんこう》や危険《きけん》を逃《のが》れるための簡素《かんそ》な小屋で、だれでも使えるとのことだった。

マケナは疲れをおしてかけだした。戸口の前の段々《だんだん》には雪が積もり、湿気《しっけ》をふくんだ古いドアは、なかなか開かなかった。鍵《かぎ》がかかっているのかと思ったが、なおもおすと、ようやくきしみながらドアが開いた。敷居《しきい》をまたいでからふり返ると、銀色にかがやくキツネはもういなくなっていた。

26

魚と暮《く》らした少年

避難《ひなん》小屋の中には、水とヤカンがあった。薪《たきぎ》はなかったが、寝具《しんぐ》はたくさんあり、ソーラーランプもあった。マケナがランプを窓枠《まどわく》のところにおくと、黄色い光のおかげで、凍《こお》るような避難小屋が少しくつろげる場所になった気がした。かじかんだ手で、マケナは水を飲もうとした。でも、体のふるえが止まらないので、あちこちにこぼれた。何もかもが苦痛《くつう》だった。なかでも、いちばん苦しいのは心だった。

外では、嵐《あらし》がはげしくなってきていた。だれかが呼《よ》んでいるような気がするのは、幻覚《げんかく》なのだろうか？　ふとんと毛布《もうふ》三枚《まい》にくるまって、マケナはおんぼろのひじかけ椅子《いす》にうずくまった。まぶたが重くなる。眠《ねむ》い。でも、もし低体温症《ていたいおんしょう》になっていたら、いったん眠ってしまえば二度と目をさまさなくなるだろう。

でも、それも、そんなに恐《おそ》ろしいことではないのかもしれない。

もし時間を巻《ま》きもどすことができるのなら、クリスマスイブの日にもどりたかった。あたたかいキッチンでヘレンといっしょにミンスパイをつくり、失敗したのを見ては笑っていたあの日に。ほとんど一日じゅう、マケナは笑顔で過《す》ごすことができていた。

でも、それももう終わりだ。マケナは、自分であともどりできないようにしてしまったのだから。家もなし、家族もなし。だれからも愛されないし、望まれてもいない。

ふっとまぶたが閉《と》じていく。

でも、なんとか目をあける。ここで、あきらめてはだめだ。スノウなら決して生きることをあきらめないはずだ。肺《はい》に少しでも空気が残っているかぎり、それを使って踊《おど》り、まわりの人にもそうするよう説得するはずだ。だからこそ、マケナの親友は行方不明になっても、まだどこかで生きているはずなのだ。

「登山は人生のようなものだ。ゆっくり登り始める。一つのルートをたどっていって、うまく進めなかったり、障害《しょうがい》があるようなら、ほかのルートが見つかるまで探《さが》しつづける。次のチャンスは必ず見つかるもんだ」と、ババはよく言っていた。

マケナは、すでにいくつものルートを試していたし、次のチャンスどころか、三番目、四番目、十番目のチャンスだってつかんでいた。ほかの人にもたくさんチャンスをあたえてきた。それなのに、今こうして、自分の国から遠く離《はな》れた石造《いしづく》りの避難小屋で動きがとれなくなっている。

でも、スノウの魔法《まほう》の瞬間《しゅんかん》の原則《げんそく》を使えば、まだまだ絶望《ぜつぼう》してはいけないはずだ。クリスマスイブには、数えきれないほどの魔法の瞬間があったたし、最悪の日と言える今日だって、もう五つは魔法《まほう》の瞬間《しゅんかん》を体験していた。

（1）安全であたたかいふかふかのベッドで目がさめた。マザレ・バレーでは、努力しても無理なことだから、これは魔法の瞬間。

（2）納屋《なや》にエサを持っていったときに、子ギツネたちが歓声《かんせい》をあげてとびついてきた。

（3）出発するとき、太陽が顔を出して雪山を桃色《ももいろ》の光で染《そ》めた。

（4）銀色のキツネが行く手をさえぎって、命を救ってくれた。

（5）銀色のキツネは、避難《ひなん》小屋まで連れてきてくれた。

だから、先の見通しがどんなに暗くても、あきらめてはいけない。すでに五つも特別なことが起こっていたのだし、まだクリスマスの日は終わっていない。

登りたい山があり、読みたい本があるのに、人生をあきらめるなんて、できるはずがない。親しげな表情《ひょうじょう》を見せる山もあるし、敵意《てきい》しか見せない山もあるけど、どの山にも登ってみたいし、とちゅうでこまっている人（今の自分みたいに）を助けたい。

あの銀色のキツネは、偶然《ぐうぜん》にマケナを助けてくれたわけではないだろう。何か理由があって、助けてくれたのだ。ヘレンも同じだ。ヘレンが考えを変えたとしても、その考えをもう一度変えてもらえる努力だってできるかもしれない。だけどまずは、だれかが見つけてくれるまで生きのびないと。たとえ何日かかろうとも。

♥♥

マケナの体はちっともあたたかくならなかった。ハイランドの川に落ちたあとみたいに、ふるえも止まらない。起き上がって、また水を飲み、手足を広げてジャンプし、血液《けつえき》の循環《じゅんかん》をよくしなくちゃいけない。それは、わかっていた。そして、一度やってみたのだが、あまり役に立たなかった。

眠《ねむ》たくなってきた。

今は……ただ……ひたすら……眠い。

「だめ！」

マケナは自分のほっぺたをぴしゃりと打ち、自分の腕《うで》をぼこぼこたたいた。目をさましていないと。

そのとき、一つの記憶《きおく》がよみがえってきた。バラ園にあるダムの岸辺にママと腰《こし》をおろしていたときのことだ。マケナはまたママの子どものときのふしぎな友だちルーカスの話を聞きたいとせがんだ。魚と暮《く》らしていたという少年の話だ。意外なことに、ママはすんなり話し始めた。

ママは、南アフリカでルーカスと知りあった。そのころマケナのおじいちゃんは十年間、学校の校長先生をしていたのだ。ママとルーカスは、切っても切れない親友だった。共通の関心事はいっぱいあったけど、とりわけ物理学が二人とも大好きだった。

「ルーカスは優秀《ゆうしゅう》だった。天才といってもよかったのよ」

「ママだって優秀だったんでしょ」

「ルーカスほどじゃなかったわ。ルーカスは、世界を変えることができるとみんなが思うような男の子だったの」

「で、世界を変えたの？」

「それは、どう見るかによるわね。ある日、ルーカスは学校に来なかったの。彼《かれ》の家に行ってみると、家族もみんな消えていたの。どこに行ったのか、だれも知らなかった。ＵＦＯ《ユーエフオー》にさらわれたのかと思ったくらいよ」

「ママは、ＵＦＯなんて信じてないのかと思ったけど」

「ＵＦＯの話をしてほしいなら、この話のつづきはもう話さなくていい？　それとももっと聞く？」

マケナは、聞くというように、うんうんとうなずいた。

「ルーカスがいなくなったことで、わたしの心には大きな穴《あな》があいたの。いつもいつも、なぜ？　どこに？　どうやって？　という疑問《ぎもん》が頭から離《はな》れなかった。ルーカスと再会《さいかい》したのは、それから二年もたってからよ。それも、思いもつかないような場所でね。南アフリカのサンゴマって呼《よ》ばれる有名な伝統医《でんとうい》がおこなった癒《い》やしの儀式《ぎしき》よ。これで、わかったでしょ。わたしは伝統を重んじるけど、迷信《めいしん》は受け入れたくないの。ティーンエイジャーのときから、わたしは自分でも根っからの科学者だと思ってたのよ。でも、自分の能力《のうりょく》や技術《ぎじゅつ》をほかの人を助けるために使うサンゴマのことは、とても尊敬《そんけい》してるの。病気とか植物が持つ癒やしの力についてのサンゴマたちの知識《ちしき》は、西洋医学のお医者さんと同じくらいか、はるかに上だからよ」

「会ってルーカスと話したの？　ルーカスはそれまで何をしてたの？」

ママは話の先を急がなかった。

「ルーカスは、ほかの人と離《はな》れて、物陰《ものかげ》にすわってた。だから気づかなくてもふしぎはなかったのよね。ルーカスにはメガネを指でおし上げる癖《くせ》があったの。その人がそうしたのに気づいたけど、わたしはためらってた。そしたら、その人がついと立ち上がって、わたしのところに走ってきたの。やっぱりあのルーカスだった。二人とも泣いたわ」

「どうしてさよならも言わなかったのか、きいた？　どうしてルーカスはそんなところにいたの？　病気だったの？」

ママはまず気持ちを落ち着けて、それから言った。

「ルーカスはサンゴマの弟子になってたの」

マケナがまったく予想《よそう》しなかった答えだった。

「物理学や、宇宙《うちゅう》の研究はどうなったの？」

「ルーカスのところへやってきて、サンゴマの助手に選ばれたと言った人たちは、彼《かれ》のキャリアはどうでもよかったのよ。選ばれるのはとても名誉《めいよ》なことだと思っていたからね。だから、ルーカスはそれを受け入れることしかできなかったの。ルーカスの家族も、それ以上のことは求めようがないと思っていた。ルーカスの両親はとても貧《まず》しかったの。だからルーカスは両親と妹たちのためにベストだと思う道を選んだのよ。それに、サンゴマに特別だと思われたんだから、うれしかったでしょうね。そのときは、弟子としての最初の試練が、半年間魚といっしょに過《す》ごすことだとは知るよしもなかったんだけど」

　マケナは目を丸くした。

「だけど、そんなの無理でしょ」

「わたしもそう言ったの。でも、ルーカスは、湖の下にある洞穴《どうけつ》でずっと過ごしたんだって言ったわ。冷たくて、緑色で、孤独《こどく》だったって。そこまで話したとき、ルーカスがサンゴマに呼《よ》ばれたから、それ以上はもう聞けなかった。別れるときのルーカスの顔は、今でも忘《わす》れられないわ。ルーカスはこう言ったの。『ベティ、ぼくがこの人生を選んだわけじゃないんだ。ぼくの望みは、ふつうの生徒でいることだったんだから』ってね」

「ママは信じたの？　湖の下で半年も過ごしたっていうことを？」

「いいえ。でも、ルーカスはそう言ったの。で、わたしは考えたの。ルーカスは事実を大事にする人だし、ウソを言うはずがない。だとすれば、考えられることは三つ。一つめは、訓練を受けて長いこと水の中で過ごせるようになったということ。半年は無理でも、昔の漁師《りょうし》がやったように、アシの茎《くき》を使って呼吸《こきゅう》すれば、数時間は過ごせるかもしれないわ。二つ目は、パラレルワールドの水の中で半年過ごしたっていうことね」

マケナは笑ったが、ママはまじめな表情《ひょうじょう》を変えなかった。

「スティーヴン・ホーキングをふくめ多くの物理学者が、パラレルワールドや多元的宇宙が存《そん》在《ざい》するかもしれないと考えているのよ」

「だったら、三つ目は？」

「ルーカスの心が傷《きず》ついてしまって、まともに考えられなくなっている、ということね」

「でも、もしかしたら本当かもしれないでしょ？　本当に水の中で暮《く》らしていたのかもしれないでしょ？」マケナはきいた。

「やめてよ。それはありえないわ」

マケナは納得《なっとく》しなかった。

「ママは、サムソンおじさんに、しまいには物理学でなんでも説明できるようになるって、今それが説明できなくても、そのうち説明できるようになるって、言ってたでしょ。だったら、いつかは、このことだって説明できるようになるかもよ」

ママは笑い、たしかにそうも言えると認《みと》めた。

「アインシュタインは、人の生き方には二種類しかないって言ってたの。一つは、奇跡《きせき》なんてあるはずがないと思う生き方で、もう一つは、すべてが奇跡だと思う生き方だって」

「あたし、奇跡を信じてるよ」マケナは言った。

ママはマケナをぎゅっとだいて、言った。

「わたしもよ」

避難《ひなん》小屋のひじかけ椅子《いす》でふるえながら、マケナはどうしてこの話を思い出したのかがわかった。マケナだって、パラレルワールドを半年の間出たり入ったりしていたのだ。マケナも、そんな状態《じょうたい》を選んだわけではなかった。マケナの望みは、一つか二つの特別な夢《ゆめ》をいだいたふつうの女の子でいることだったのに。

あいにくこちらの世界では、氷が血管《けっかん》の中を進んできている。マケナの頭が前にかたむく。睡魔《すいま》が襲《おそ》いかかる。

「マケナ！　マケナー！」

ドアがバタンと開いた。懐中電灯《かいちゅうでんとう》の灯《あか》りの中でレイの姿《すがた》がゆれていた。人間というよりは雪だるまのように見える。レイはマケナにかけより、だき上げた。レイの頬《ほお》はぬれていたが、髪《かみ》から下がるつららが溶《と》けたせいなのかどうかはわからなかった。レイの声は、深くて強く、実際《じっさい》の年齢《ねんれい》の半分くらいの人の声みたいだった。

「マケナ、ああよかった。生きていたね。見つけるのがおそくなってすまなかったな。あのキツネがいなかったら……マケナ、ヘレンは、とりみだしているよ。ヘレンにはきみが必要なんだ。わたしたちにはきみが必要なんだよ。だから、そうしてよかったら、家まで連れて帰るよ」

27

キツネの天使《エンジェル》

「マシュマロをローストするコツは、燃《も》えさしの上にかざして、三十秒間くるくる回すことよ」ヘレンが言った。

マケナとヘレンは暖炉《だんろ》の前にとなりあって腰《こし》をおろし、フォークをつきだしていた。

「タイミングが大事よ。火に近づけすぎると、焼けてパサパサになっちゃうの。でも、がまんと、ちょっとした大胆《だいたん》さがあれば、ほらね。外は茶色で中はねっとりになるのよ。どう？　おいしい？」

口いっぱいにほおばったまま、マケナはうなずいた。クリスマスの夜だ。ヘレンのクリスマスのごちそうは、食べるのがおくれにおくれたが、ココナッツ・マシュマロのローストはその最後をかざるものだった。マケナはもうおなかいっぱいだったが、食べてみるだけのことはあった。

「山を歩いていてちょっとした吹雪《ふぶき》に出あうと、人生のシンプルな事柄《ことがら》がすばらしく思えるようになるんだよ」レイが、ソファにすわって木彫《きぼ》りに最後の仕上げをしながら言った。「ロンドンの高級レストランで出る料理のほうがマシュマロのトーストよりうまいってやつは、本当にうまいものを知らないんだ」

レイは、教えられたとおりにマシュマロをぐるぐる回しているマケナを見やった。外側がちょうどよくパリパリにやわらかくなり、うまく焼けたところで、マケナは口の中に放りこんだ。そして目を閉《と》じて、満足げな表情《ひょうじょう》を浮《う》かべた。

「今のあたしの顔を見れば、最高においしいって、だれにでもわかるはず」

マケナが目をあけると、レイがにっこり笑って言った。

「前にも言ったけど、シンプルなもののほうがいつだって、りっぱなものよりいいんだよ」

マケナにとっては、この日の出来事は、幻覚《げんかく》のようだった。担架《たんか》にのせられてオレンジ色のヘリコプターで雪山の上を飛んだとあっては、なおさらだ。ヘリコプターは、マケナを見つけてすぐに、レイが呼《よ》びよせたのだ。嵐《あらし》の中から回転翼《かいてんよく》をバタバタいわせてヘリコプターがあらわれると、二人を引っぱり上げて安全なところまで運んでくれた。それから一時間もしないうちに、マケナはお風呂《ふろ》につかって冷えきった体をあたためることができた。

大勢《おおぜい》の人を心配させたことをうしろめたく思う気持ちは、なかなか消えなかった。救援《きゅうえん》へリコプターのパイロットにも、クリスマスの日に引きずり出してしまったことをあやまろうとしたが、パイロットは耳を貸《か》さなかった。

「いいってことよ。めいわくなんかじゃないさ。これが、おれの仕事なんだから。テレビでアガサ・クリスティ（イギリスの推理作家）の映画《えいが》を見てるより、ずっとワクワクできるんだ。それに、お礼は、もうしてもらったよ。あんたのお母さんにお昼をごちそうになったからな」

もどってからヘレンと顔をあわせるのは、もっとつらかった。

「生きているかぎり、こんな思いはもうしたくないわ」マケナとさんざん泣いてだきあったあとで、ヘレンが言った。「ベッドが空っぽなのに気づいて、雪の上に足あとがついてるのを見たとき、その場で心臓《しんぞう》が止まるかと思ったわよ」

「あたしは、自分がきらわれてるんだって思ったんです。ヘレンは親切なふりをしてるだけで、クリスマスが終わったら、あたしをすぐに送り返すんだって思いこんでたの」

「でも、それが全然ぎゃくだったってことは、もうわかったでしょ」ヘレンが言った。「わたしは、養子縁組《ようしえんぐみ》センターに、あなたにもっともっと長くいてもらうことはできないかって、たずねたのよ。あなたが飛行機からおりてきたとき、たった四週間だけじゃ短すぎるって思ったの。そのときすぐに、わたしはあなたにずっといてほしいんだって思ったのよ。最初は、完璧《かんぺき》なスコットランドのクリスマスを体験してもらってから、あなたとお役所に話を持ちかけるつもりだったの。あなたを養女にむかえるって話をね。でも、何もかもうまくいかなかった。飛行機はおくれたし、熱いココアであなたを火傷《やけど》させそうになったし、お天気は悪いし、父さんは病気になるし……その先は、言わなくてもわかるでしょう」

マケナはきまりが悪かった。

「ええ。あたし、プライベートなメールを見てしまって、かんちがいして、逃《に》げだしたんですね。そして崖《がけ》から落ちそうになったり、低体温症《ていたいおんしょう》になったりして、みんなのクリスマスをめちゃめちゃにしちゃった」

ヘレンは笑った。

「起きた事だけをとりあげれば、そうかもしれないけど、わたしが心に刻《きざ》んだのはそういうことじゃないの。マケナ、あなたがどんなにすばらしい人か、自分でわかってる？　わたしはずっと思《おも》い描《えが》いていたような娘《むすめ》をむかえるチャンスに恵《めぐ》まれたの。それだけじゃないわ。あなたはわたしに、父さんもとり返してくれたのよ。たいへんなことはいろいろあるとしても、今年のクリスマスは最高だったって、この先もずっと思うんじゃないかしら。そう言えば……」

ヘレンは立ち上がって、マントルピースのほうへ行った。そして「クリスマスの日まではあけてはいけない。これは命令です」と上のほうに銀色のインクで書いてある紫色《むらさきいろ》の封筒《ふうとう》をとりあげると、マケナに手わたした。

マケナは消印を見つめながら言った。

「シカゴには、知りあいはだれもいないんだけど」

ヘレンが笑顔で言った。

「だれから来たのか、あけてみたら？」

封筒の中からポピーの花がついたカードが出てきたとき、マケナにはわかった。

ハッピー・キスマス、キスマス！

わたしの新しいママは、スペリングにはうるさいんだけど、ここは、こう書かなきゃね。理由は、わかるよね。

スコットランドにいるって聞いたよ。そこならきっとビンの一つや二つに雪が入れられるね。シカゴにいても、数えきれないくらいのビンをいっぱいにできます。ここではみんながわたしのことをダイアナってよびます。だって雪がいっぱいあるから、スノウじゃ、まぎらわしいもんね。それはそれでステキ。だって、ダイアナって、スプリームスの女王だったんだからね。

わたしが姿《すがた》を消したいきさつを知りたいと思ってるでしょ？　わたしは、マケナについても知りたいです。カードにはたくさん書けないから、手短に書くね。

わたし、人生には、思いがけないいやなことも起こるけど、そのうめあわせに毎日少なくとも三回は魔法《まほう》の瞬間《しゅんかん》があるんだって言ったよね。おぼえてる？　それって、ほんとのことなんだ。

ブルドーザーにひかれたときのことは、おぼえてないの。病院で目をさましたとき、わたしは自分の名前さえ思い出せなかった。ショックによる記憶《きおく》そうしつだったらしい。お医者さんも看護師《かんごし》さんも、みんな落ちこんでて、今後は車イスを使うことになりそうだって、話してた。わたしは、そんなくだらない考えはゴミ箱に捨《す》ててって言ったの。だって、ミカエラ・デプリンスみたいにダンスをするつもりだし、名前に照明があたる存在《そんざい》になるんだから。おかしなことに、いろんなことが思い出せなくなってたんだけど、ミカエラとマケナのことは思い出せたのよ。

魔法の瞬間はどこにあったのか、知りたいでしょ？　わたしが、ミカエラのことばかり話してるってことが、戦場で活動する慈善団体《じぜんだんたい》でボランティアをしていたお医者さんの耳に入ったの。そのお医者さんは、ハーレム・ダンス・シアターで踊《おど》るミカエラを見たことがあるんだって。それで、かんたんに言うと、そのお医者さんが、ただで手術《しゅじゅつ》をしてくれることになったの。で、本当に助かったの。わたしは、メガネもつくってもらったよ。言葉も絵もこんなにはっきり見えるなんて、はじめて知ったよ。

やがて記憶ももどったわたしは、アフリカ系《けい》アメリカ人の家族の養女《ようじょ》になりました。

すごくすてきな人たちだよ。わたしは三番目で最後の（たぶんね）養子《ようし》です。あとの二人は日本とブルンジから来た子たち。わたしの新しいお姉さんになったメイによれば、日本の二十二代目の天皇《てんのう》（清寧天皇のこと）は、アルビノだったんだって。

人生はおとぎ話じゃないから、わたしがミカエラみたいにオランダ国立バレエ団《だん》に入るまでには、まだ少し時間がかかります。あと三回くらいは手術《しゅじゅつ》が必要だし、十年くらいは練習しないとね。でも、バレエのクラスにはもう通い始めたよ。椅子《いす》にすわって、まだ見てるだけだけど、踊《おど》れるようになったときの動きをいろいろ考えてるの。

クリスマスプレゼントがなくて、ごめんね。気づいてないかもしれないけど、マケナからはもうもらってるよ。前は毎日三つの魔法《まほう》の瞬間《しゅんかん》を楽しんでたんだけど、今は四つが確実《かくじつ》なものになりました。日の出と、日の入りと、もう一つは、探《さが》せば見つかるもの。そして四つ目は、思い出です。イノセントのバンドの必死の演奏《えんそう》にあわせて、マケナとわたしが「スラムの湖」を踊った思い出よ。あれは最高だったね。

ダンスも、山登りもつづけてね。

愛をこめて、
ダイアナ（マケナにとってはスノウ）
親友（って言っていいよね）より××

マケナの目の前がにじんだ。何も言えなくなっていた。ヘレンがかわりに言ってくれた。
「あなたとスノウのような深い友情《ゆうじょう》は、一生つづくものよ。わたしは、あなたたちが近いうちに再会《さいかい》できるように、できるだけのことをするつもり。アフリカ行きについてもね。アフリカは、わたしたち二人のふるさとだものね。スコットランドにいて、〈ハーツ4《フォー》アフリカ〉を支《ささ》える方法を考えるにしろ、ナイロビの少女たちの家でエドナと過《す》ごすにしろ、あなたはいつも自分の国とつながっているのよ、でも、ゆくゆくはスコットランドも好きになってもらえるといいけど」

♥♥♥

マケナは、もう一つマシュマロをつきだして、レイを見た。レイの変化には目を見張《みは》るものがあった。ブロディ先生も信じられなかったくらいだ。

「もしレイがふつうの人間だとすれば、吹雪《ふぶき》の中での山岳救援《さんがくきゅうえん》活動は命にかかわっただろうな。肺炎《はいえん》になりかけてまだ治癒《ちゆ》してなかったんだから」ブロディ先生はマケナに言った。「ところが皮肉なことに、それがレイに活を入れることになったんだな。マケナが、生きる目的をレイに思い出させてくれたんだよ。人々を助け、山の安全な楽しみ方を教えるという目的をな。今のレイは、まるで生まれ変わったみたいだ」

マケナとレイは、いろいろな話をした。ヘレンの言ったとおり、ふたりには共通点がたくさんあった。そして、いつも話題にのぼるのは、銀色のキツネのことだった。

銀色のキツネが、吹雪《ふぶき》の中からまるで銀の弾丸《だんがん》のように飛び出してきて、ついてこいと吠《ほ》え立てたとき、レイは自分の目が信じられなかった。山で長年過《す》ごしてきたものの、ホッキョクギツネは一度も見たことがなかったからだ。

「スコットランドの自然の中には、銀色のキツネはいないんだよ、マケナ。茶色いキツネがいるだけなんだ。前にも出会ってれば、おぼえてるはずなんだ」

「あたしは、庭にレイとホッキョクギツネが並《なら》んで立っているところを見たんだけど、レイは気づいてなかったの？」マケナがきいた。

レイは首を横にふった。

「そうなんだ。山を見上げたときに、いつもよりずっとおだやかな気持ちになったことはおぼえてるけどな。正直に言うと、妻《つま》を亡《な》くしてから、あんなふうに感じたのは初めてだった。だから、体に悪いと知りつつ長いことあそこに立っていたんだ。あのとき感じていたものをこわしたくなかったんでね。だけど銀色のキツネは見てないいんだ。あの晩《ばん》もだし、クリスマスに雪《ゆき》嵐《あらし》の中から飛び出してくるまでは一度も見ていない」

「だったら、山にいたあのキツネは、なんだったのかな？」マケナは知りたいと思っていた。「どこかから逃《に》げてきたホッキョクギツネ？　とても頭のいいホッキョクギツネが、動物を救う人間を助けようとしたのかな？　それとも、幻《まぼろし》だった？　それとも天使《エンジェル》かな？」

「もしかすると、そのどれもが混《ま》じった存在《そんざい》だったのかもしれないわね」ヘレンが言った。「たぶん、あなたがこれまでに愛したあらゆる人や物が、一ぴきのキツネの姿《すがた》をとってあらわれたんじゃないかしら？」

「そうかもしれんな」レイも同意すると、前に身を乗り出して、完成した木彫《きぼ》りをマケナに手わたした。「プレゼントだよ。おそくなったが、わたせるだけいいだろう。クリスマス、おめでとう！」

それは、小さな翼《つばさ》をつけたキツネだった。クルミの木を使い、羽やひげの細かいところまで見事に彫《ほ》ってある。マケナはその木彫りをなでながら言った。

「キツネの天使ね！　とっても美しい。ほんとにもらっていいの？」

「もちろんだよ。キツネのよさを、マケナやわたしほどわかっている人はほかに見当たらないしな」

マケナは木彫《きぼ》りのキツネを頬《ほお》におしあてた。レイの手の中にあった木は、まだあたたかかった。

「レイ、ありがとう。これも、ベッドわきの宝物《たからもの》のテーブルにおきますね。ママとババの写真やスノウのビンの横に」

「そんなに気に入ってくれたなんて、うれしいよ。信じないかもしれないが、わたしがこれを彫《は》り始めたのは、銀色のキツネを目にする前なんだ。マケナが真夜中に子ギツネたちにエサをやりにいってくれたのを見て、彫ろうと決めたんだ。感謝《かんしゃ》のしるしとしてね。それにあのときすぐに、おまえさんとわたしは、気があうとわかったからな」

「そういう言い方もあるわよね」ヘレンが、わざと冷ややかな声で言った。「でも、共犯者《きょうはんしゃ》という言葉もあるのよ。これからは、二人のことをちゃんと見張《みは》っておくようにしないとね」

マケナは幸せな気持ちではちきれそうになっていた。ママとババの顔が浮《う》かんできたが、もう、うしろめたい気持ちにはならなかった。ママもババも、こうなることを望んでいたのだと思ったからだ。マケナに特別な家と愛してくれる家族を見つけてほしいと、思っていたにちがいないからだ。

「お母さん」マケナはヘレンに向かっておずおずと、その言葉を口にした。「このキツネの天使《エンジェル》を、クリスマスツリーのてっぺんにかざってもいいかな?」

ヘレンは、マケナを二重に包みこむくらい大きな笑顔を見せた。

「それ以上すばらしいことなんて考えつかないわ。まるで最初からそこにあるはずのものみたいじゃないの」

訳者《やくしゃ》あとがき

本書は、ローデシア（現在《げんざい》のジンバブエ）で生まれ、動物保護区《ほご く》で育ち、すでに『白いキリンを追って』『砂《すな》の上のイルカ』などで日本でもおなじみになった作家ローレン・セントジョンの作品です。セントジョンは、よく動物を作品に登場させますが、本作にもさまざまな種類のキツネが姿《すがた》をあらわします。この作品に登場するキツネは、現実のものもあれば、特定の人だけに見えるものもあるようですが、必死に生きようとしている子どもの味方をしてくれているようです。

でも、セントジョンがこの作品で描《えが》きたかったのは、キツネよりも「忘《わす》れられた子どもたち」のことだったと言います。マケナは親をエボラ出血熱という感染症《かんせんしょう》で失って孤児《こじ》になってしまいましたし、スノウもアルビノであることで迫害《はくがい》されそうになり、やはり孤児になってスラムに住んでいます。ほかにも、スラムでたくましく生きぬいている子どもたちが登場しています。

ときどき日本の新聞でも話題になるエボラ出血熱は、比較的《ひかくてき》新しい感染症だと言えますが、致死率《ちしりつ》が高いので恐《おそ》れられています。初めて発生したのは一九七六年で、南スーダンとコンゴ民主共和国でのことでした。近年では二〇一四年からギニアやシエラレオネなどで感染が拡大《かくだい》して「エボラ危機《きき》」と言われました。その後いったん終息したかに見え、シエラレオネやギニアでは終息宣言《せんげん》も出されましたが、また二〇一八年からコンゴ民主共和国で流行しています。今、世界の多くの国々は新型コロナウィルスの感染をどう食い止めるかで必死ですが、アフリカにはまだエボラ出血熱とたたかっている人々もいるのです。

セントジョンは、たとえエボラ出血熱が終息したとしても、「エボラ孤児が姿を消したわけではなく、偏見《へんけん》や迷信《めいしん》のせいで村人からつまはじきにされるケースも多々ある」と述《の》べています。エイズ孤児も同様だと思います。セントジョンが生まれ育ったジンバブエにも、孤児が百万人以上いるそうです。首都のハラレから半径《はんけい》十キロ以内で見ても、子どもが家長になっている家庭が六万戸もあるそうです。

また、アルビノの子どもたちが迫害されるというケースも、セントジョンはこの作品で取り上げています。アルビノは、先天的にメラニンが欠乏《けつぼう》して肌《はだ》が白くなる遺伝子疾患《いでんししっかん》ですが、教育がすみずみまでは行きわたっていない場所では、大多数とちがう状態《じょうたい》の人がいると、そこには何か魔力《まりょく》が潜《ひそ》んでいると思う人々もまだいます。それで、アルビノの人の体の一部を手に入れて高く売ろうなどという、とんでもないことを考える犯罪者《はんざいしゃ》も出てくるのです。

本書でも、スノウはタンザニアで死の危険《きけん》を感じたのでしたが、そのタンザニアでは、二〇〇八年にアル・シャイマー・クウェギールさんという女性《じょせい》が、アルビノ初の国会議員になりました。彼女《かのじょ》も子どものころは「人間ではなく幽霊《ゆうれい》だ」と言われたり、いじめられたりしたと言いますが、人々に自分の体験を話し、アルビノに対する偏見《へんけん》を取りのぞこうとしています。

また西アフリカのマリ出身のミュージシャン、サリフ・ケイタもアルビノですが、古代のマリ帝国《ていこく》の王家の子孫であるにもかかわらず、白い肌《はだ》のために迫害《はくがい》され、親族からも拒否《きょひ》されて、若《わか》いころは生活が貧《まず》しかったといいます。サリフ・ケイタは、今では世界的に有名なアーティストになり、アルビノの人たちの支援《しえん》活動を積極的に続けています。

それから本書には、スノウに大きな影響《えいきょう》をあたえた人物として、ミカエラ・デプリンス（「ミケーラ」という表記もあります。）が登場しています。ミカエラの本は日本でも出ているので（『夢《ゆめ》へ翔《か》けて』ポプラ社）ご存《ぞん》じの方もいらっしゃるかもしれません。シエラレオネで戦争孤児《こじ》になったミカエラは、やがてアメリカ人家庭の養女《ようじょ》になり、なみなみならぬ努力を経て、世界で活躍《かつやく》するバレエダンサーになるという夢を実現《じつげん》するのです。

バレエ界に黒人はまだとても少なく、ミカエラには肌に白斑《はくはん》もあることから、その夢を実現するのは、並大抵《なみたいてい》のことではなかったと思います。

「黄色いスイセンがたくさん咲《さ》いている中に、赤いポピーが一つ咲いていたとすると、ポピーは目立ってしまう。どうすればいいかというと、ポピーをつみとるのではなく、ポピーをもっとふやせばいいのだ」という言葉には、ミカエラの強い決意があらわれていて、スノウだけではなく多くの人に勇気をあたえてくれていると思います。

またローレン・セントジョンは環境《かんきょう》保護《ほご》に熱心な作家で、動物保護を目的とした組織《そしき》ボーン・フリー財団《ざいだん》の大使も務《つと》めています。

さくま　ゆみこ

ローレン・セントジョン Lauren St Jhon
1966年、南部アフリカのローデシア（現在のジンバブエ）で生まれ、16歳まで農場で育つ。その後ロンドンで、「サンデータイムズ」の記者として働く。最初の児童書『白いキリンを追って』（あすなろ書房）で注目される。そのほかの著書に『砂の上のイルカ』（あすなろ書房）がある。

さくまゆみこ Yumiko Sakuma
出版社勤務や教職を経て、現在は翻訳家・編集者として活躍中。「アフリカ子どもの本プロジェクト」代表。JBBY（日本国際児童図書評議会）会長。おもな訳書に「クロニクル千古の闇」シリーズ、『ミサゴのくる谷』、『白いイルカの浜辺』、『紅のトキの空』（以上評論社）、「ホーキング博士のスペースアドベンチャー」シリーズ（岩崎書店）、『白いキリンを追って』、『砂の上のイルカ』、「リンの谷のローワン」シリーズ（以上あすなろ書房）などがある。

雪山のエンジェル
二〇二〇年十月二五日　初版発行

♥著者　ローレン・セントジョン
♥訳者　さくまゆみこ
♥発行者　竹下晴信
♥発行所　株式会社評論社
〒162-0815　東京都新宿区筑土八幡町2-21
電話　営業〇三-三二六〇-九四〇九
編集〇三-三二六〇-九四〇三

♥印刷所　中央精版印刷株式会社
♥製本所　中央精版印刷株式会社

ISBN978-4-566-02471-7　NDC933　p.256　188㎜×128㎜

http://www.hyoronsha.co.jp

エリザベス・レアードの本

石谷尚子／訳

ぼくたちの砦

イスラエル占領下のパレスチナ。ガレキの山を片づけてつくったサッカー場が、ぼくたちの「砦」だ。いつか自由を、と願いつつ、希望をもって生きる少年たちの物語。

路上のヒーローたち

エチオピアの首都アディスアベバ。さまざまな理由から家をはなれ、路上で暮らす少年たち。誇りを失わず、けんめいに生きるストリート・チルドレンを描く問題作。

戦場のオレンジ

内戦のつづくベイルートの町。十歳のアイーシャは、大切なおばあちゃんの命を救うため、敵の土地に入りこむ。少女の勇気ある行動が大人たちを動かして……。静かな感動を呼ぶ物語。

世界一のランナー

エチオピア生まれのソロモン。夢は世界一のランナーになること。ある日、じいちゃんのお供をして出かけた町で事件が起きて……。走ることが大好きな少年と家族の、熱い思いにあふれた物語。

イルカと少年の歌
―海を守りたい―

海に近づくことを禁じられていたフィン。あやまって水に落ちたとき、自由に泳げることがわかる。彼は歌にもうたわれたイルカ族の末裔だったのだ。イルカたちの危機を救うため、何ができるのか?!

はるかな旅の向こうに

シリアの少年オマル。政府への抵抗運動が広がり、田舎に逃げることになる。そしてさらに、おとなりの国ヨルダンまで。内戦を生きぬいた難民家族をリアルに描く。

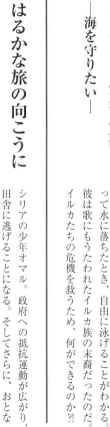

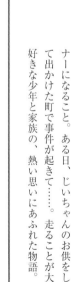

ステラ・モンゴメリーの冒険

ジュディス・ロッセル 作／日当陽子 訳

3. 地底国の秘密

2. お屋敷の謎

1. 海辺の町の怪事件

三人のおばさんとたいくつな毎日をすごすステラ。ある日、老紳士に小さな包みをあずかったことから、とんでもない事件に巻きこまれていく。いにしえの大魔術師や幻視する少年らが登場するダークな味わいのファンタジー。

おばさんたちが決して教えてくれないステラの過去。おさない日をすごしたワームウッド・マイアの屋敷に帰ったステラは、自分の秘密を探りだそうと決意する。写真の女の子はいったいだれ？　そして広大な屋敷にかくされたおどろきの事実とは？

しつけがきびしい寄宿学校に送られたステラ。その町の地下には恐ろしい秘密があった！　すべての謎が明かされる完結編。

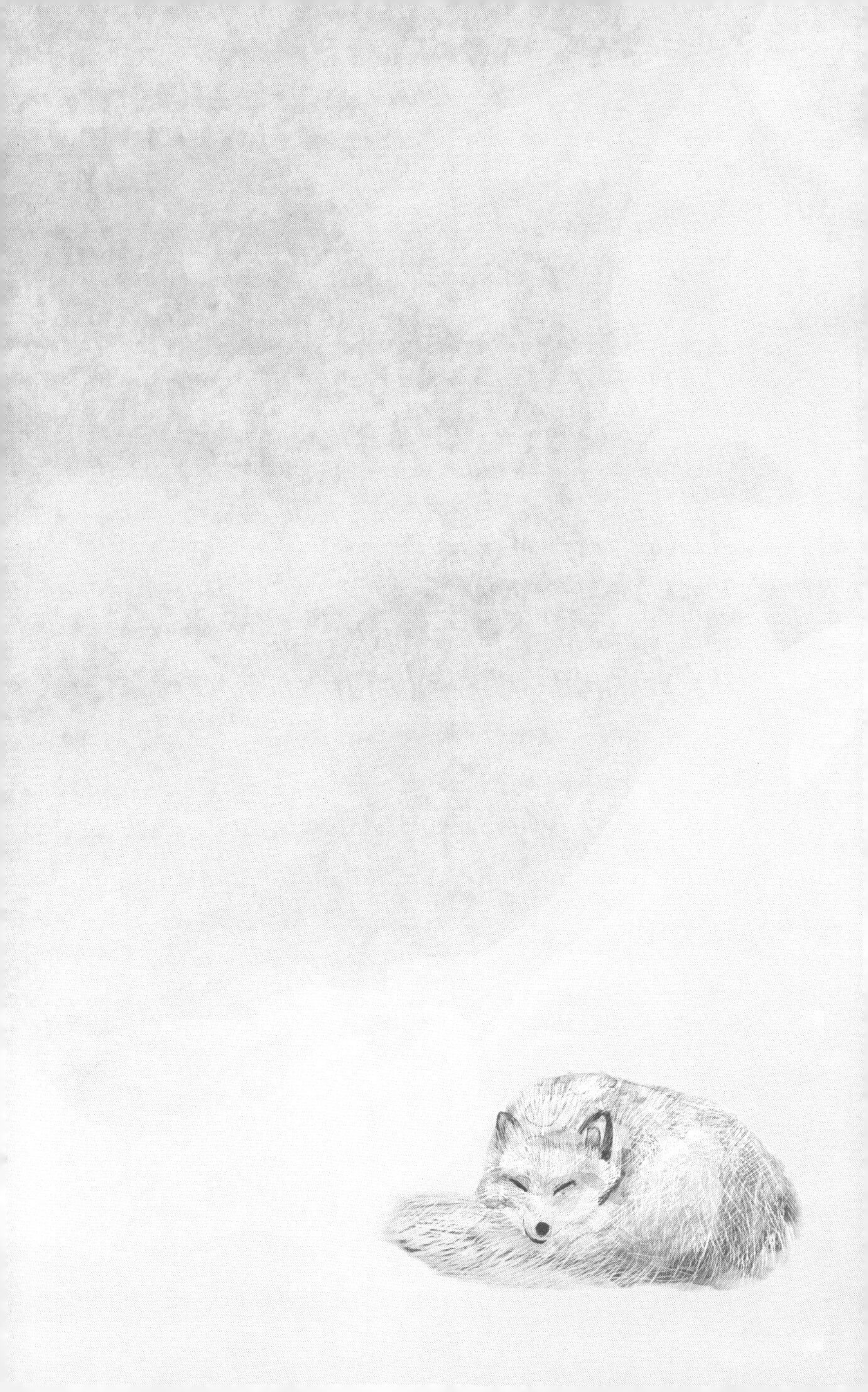